カナリア外来へようこそ

仙川 環

角川文庫
24128

目次

1　章

　オフィスの自席でＰＣ作業をしていると、今日も頭痛が始まった。朝、頭痛薬を服用したのにあまり効果はないようだ。

　明野花菜（あけのかな）はかけ出しのＷＥＢデザイナーである。企業のホームページや通販サイトの制作を請け負うこの会社に昨年転職してきた。

　今年三十になるが、ＩＴ業界に身を置くのはこの会社が初めてだ。志望して配属されたのは制作グループ。未経験者なので最初の半年はひたすら研修だった。その次の半年は先輩の補助をしながら経験を積み、このほどようやく独り立ちできた。

　初仕事は照明器具などを扱うインテリアショップのネット販売サイトのデザインである。その仕事の担当をすると決まったとき、内心小躍りした。花菜の前職はインテリアコーディネーターである。利用者にとって使いやすいサイトがどんなものかは、経験的に分かる。

張り切って着手したものの、作業は順調とは言い難かった。締め切りは明日の午前中。間に合うかどうか、微妙なところだ。

このオフィスでは、希望者は最大で月五日間まで在宅で仕事をしてもいいことになっている。昨日は在宅だったから今日は出社したのだが、それを後悔していた。オフィスにいると、作業効率が格段に落ちる。

原因は、室内に漂っているにおいだった。マスクをつけていても、完全に遮断はできない。

花菜は人一倍においに敏感なほうである。においそのものが気になるというより、化学物質や人工香料のにおいを嗅（か）ぐと、頭痛がしてくる。

オフィスの空気環境は、良好とは言えなかった。グループ長の森坂豪（もりさかごう）は、ヘアワックスでガッツリ髪を固めている。隣席にいる同い年の木本愛衣（きもとあい）は、マウスウォッシュのミント臭がきつかった。最悪なのが、奥の席にいる総務部長の朝霞初子（あさかはつこ）だ。三メートルほど離れた席にいるのに、強烈な「薔薇（ばら）の香り」が漂ってくる。流行（はや）りものが大好きで、今はボルダリングに夢中だという彼女は、香りつきの柔軟剤の愛用者だった。

この空気、どうにかならないものか。

ひと月ほど前、六、七人で休憩時間に雑談をしていたとき、勇気を出して言ってみた。

「新築物件の壁紙なんかのにおいがダメなんです。だから、インテリアコーディネーターを辞めてこの業界に移ってきました。人工的な香りは全体的に苦手で、だからいつもマスクを……」

話はそれなりに盛り上がったが、期待する方向には向かわなかった。

「百貨店の化粧品売り場って臭いよね」

「喫煙者の服が臭い」

このあたりまでは全力でうなずけたのだが、「香りは好みの問題」と誰かが言い出してから、風向きが変わった。

「社長が席で食べてるカップ麺のにおいがキツイ」

「愛猫家の友だちが猫臭い」

そういうこともあるだろう。でも、論点がずれている。

一番事情を分かってほしい朝霞に至っては、「ムスク系の香水とかいまだに使ってる人がいるけど、あれは臭い。バブル時代の遺物だよね」と、したり顔で言っていた。

これでは埒が明かないと思い、勇気をさらにふり絞った。

「最近流行りの香りつきの柔軟剤って結構強いにおいがしますよね」

そう言ったところ、場の空気が一瞬張りつめた。ピンと来た人には来たと思う。木本愛衣なんかは、朝霞をちらっと見ると、気まずそうに目を伏せた。ただし、肝心の朝霞は聞いているんだかいないんだか。何事もなかったように、イチゴ味のコーティングがかかったチョコレートを皆に勧め始めた。そのにおいも強烈だった。スマホに着信があったふりをして、その場を離れた。

結局のところ、それとなく察してもらうなんて、無理なのかもしれない。はっきり言わないと伝わらないのだ。あなたたちが、よかれと思って身にまとっているそのにおいが苦手なんです、と。

とはいえ、そこまで言っていいものか悩む。彼ら、彼女らに悪意はない。むしろエチケットだと思っている節がある。エチケットって何だろう。においにかぎらず、万人が歓迎するものなんて、この世にあるとは思えないのだが。

いつの間にか、手が止まっていた。思考も持っていかれてしまっていた。苛々しながらマウスを動かし始めると、こめかみのキリキリとした痛みは、さらに強くなった。

時計を確認する。正午まであと二十分ほどだった。ちょっと早いけど、昼休みに入ってしまおう。外に出て新鮮な空気を吸えば、きっと症状は収まる。梅雨時で蒸し蒸しするが、雨が降っていなければ、公園で弁当を食べることにしている。一人で戸外にいると、比較的難を避けやすい。

誰にともなく、「お昼に出てきます」と声をかけ、席を立った。エレベーターに向かっていると、その手前にある女子トイレのドアが開いた。出てきたのは、同じフロアにある共同オフィスを利用している女性社長だ。いつもこなれた雰囲気のスーツに身を固め、リボンやバレッタで髪を小粋にまとめている。「シニョンさん」と花菜は密(ひそ)かに呼んでいた。

　目が合うと会釈をしてくれるかんじがいい人だが、いつも化粧品のにおいがややきつかった。それもそのはず、彼女は化粧品の輸入販売会社の社長だそうだ。男性の共同経営者と二人で、同じ階の一番小さな部屋を借りているという。

　前にトイレで会ったとき、基礎化粧品のサンプルを渡された。花菜は化学成分無添加のへちま水以外は使えない。輸入物なんて、もってのほかだ。

　角を立ててはいけないと思い、「肌が弱いので決まったものしか使えない」と言って断ったのだが、シニョンさんは嫌な顔一つしなかった。「使い慣れたものが一番ですよね」と言って、サンプルをひっこめた。

　今日も目が合ったら挨拶(あいさつ)をしようと思ったのだが、シニョンさんは眉間(みけん)に皺(しわ)を寄せ、厳しい表情だった。うつむき加減のせいか、花菜に気づく様子もなかった。ずっしり重そうなトートバッグを肩から下げて、廊下の反対側へと足早に去っていく。

　仕事でトラブルでも抱えているのだろうか。花菜のような平社員と違って、社長は苦労が絶えないに違いない。

　そんなことを考えながら、トイレの前を通り過ぎようとしたときだ。強烈なにおいが花菜を襲った。初めて嗅ぐにおいだった。甘さと刺激臭が混ざっている。

鼻腔(びこう)が震えるようだった。うなじの毛も逆立つ。眉間から頭頂部にかけて、鈍器で殴られたような鈍い痛みが走る。

花菜は廊下の壁に手をついた。助けを呼ぼうとしたが、声が出てこない。立っていられず、その場にしゃがんだ。肩を壁につけて身体を支える。

荒い息を吐いていると、オフィスのドアが開いた。コーヒーカップを手にした朝霞がオフィスから出てくる。朝霞は花菜を見ると、アイラインを濃く引いた目を丸くした。

「大丈夫?」

朝霞は花菜の背中に手を回した。強烈なローズ系のにおいに包まれた。さっき大きなダメージを受けたばかりだ。なのに、この世で一番苦手なにおいを至近距離で嗅がされては、たまったものではなかった。

「すみません、大丈夫です」

朝霞の顔を見た。異臭を感じている様子はなかった。

朝霞の手を振り払うと、花菜はなんとか立ち上がり、その場を逃れた。

おぼつかない足取りで階段を降り、外に出る。排ガスのにおいがした。ファストフード店のダクトからは、油のにおいがもれてくる。それでも、正体不明の異臭や「薔薇の香り」を嗅がされるよりはましだった。

もはや食欲は失せていたが、公園に避難することにした。少しでもきれいな空気が吸いたい。

公園から戻ると、森坂にその日の午後と翌日を在宅ワークに切り替えさせてほしいと頼んだ。公園で小一時間休んでも、頭痛が収まらなかったからだ。

在宅ワークの希望日は前週までに伝えるルールである。しかも、午後からは、来月の仕事の割り振りを決めるミーティングがあった。制作グループのメンバーは出席の義務があった。

それでも「体調があまりよくない。初めての締め切りを明日に控えて焦っている。気持ちが落ち着く自宅で仕事がしたい」と訴えると、森坂は許可してくれた。ヘアワックスのにおいには閉口するが、物分かりのいい上司ではあるのだ。

練馬区の石神井台にある自宅に戻ってしばらく横になっていると、嘘のように頭痛は収まった。そうだろうと思っていた。この部屋には人工香料が使われている商品はほぼない。食器や洗濯用の洗剤も、石鹸が主成分のものだ。しかも、このマンションは築二十年を超えており、リフォームも一度もしていないそうだ。建材のにおいもしない。

三時過ぎに起き出してからは、一心不乱に仕事に取り組んだ。午後九時には仕上げることができた。

遅い夕食を一人で取った後、シャワーで汗を流し、窓を開けて夜風を入れた。隣家のベランダから、干しっぱなしの洗濯ものににおいが漂ってきた。慌てて窓を閉める。

それにしても、困った体質になってしまったものだ。自分の身体が恨めしい。

症状が始まったのは、およそ一年半前。インテリアコーディネーターとしてバリバリ働いていたころである。建築中、あるいは新築の物件に足を運ぶと、決まって頭が痛くなるようになった。

職場の先輩に相談したところ、建材などに含まれるホルムアルデヒドなどの化学物質によって体調が悪くなるシックハウス症候群だろうと言われた。時々、同じような症状を訴える人がいるのだそうだ。

特効薬のようなものはなく、原因物質との接触をなるべく減らすのが、一番の対処法だという。

インテリアコーディネーターの仕事は好きだったが、体質的に合わないのなら、すっぱり諦めようと思った。もともと給料には少々不満があったのだ。転職するなら三十歳になる前のほうがいいという計算もあった。

二か月ほど房総半島にある実家でのんびりした後、東京に戻って再就職活動を始めた。

　ところが、事態はさらに悪くなった。

　住宅業界を避ければ、新築物件、築浅物件に足を踏み入れる機会は滅多にないはずだ。症状が出る頻度もその分低くなるとタカをくっていたのだが、ある日、満員電車の中で頭痛がしてきたのだ。原因は明らかだった。近くにいた乗客の衣服から漂ってくるフローラル系の人工香料だ。

　その日を機に、ありとあらゆる人工香料のにおいが気になるようになった。シャンプー、ヘアケア用品、歯磨き粉。洗濯用洗剤に柔軟剤。身だしなみを整えるほとんどの商品に人工香料は使われている。それらのにおいを感じると、決まって頭痛が始まる。分かりやすいにおいばかりでなく、台所の合成洗剤や、消臭目的で使われる柔軟剤などのにおいも気になるようになった。

　くさいのは我慢しようと思えばできる。そのうち鼻が慣れるということもあるだろう。しかし、花菜の場合、そういう問題ではなかった。香料などの化学物質は、文字通り、頭痛の種になってしまうのだ。

　ベッドにもぐりこんでからも、悶々と考え続けた。

　症状が今後、悪化したらどうしよう。今は頭痛だけだが、身体の自由が利かなくなるほどの強い症状が頻繁に出るようになったら、日常生活がままならなくなる。

今日ほど強烈なにおいに遭遇する機会はそうそうないだろうが、症状が出始めた頃は、新築やリフォームしたての物件に入った時以外、問題はなかったのだ。

これまでも手をこまねいていたわけではない。再上京してから、三人の医師に診てもらった。

最初に受診した近所のクリニックのおじいちゃん先生は、頭痛薬を飲んで様子を見ろと言った。よくならないので再受診したら「気の持ちようだよ。気にしない、気にしない」と笑顔で言われた。

次に受診した総合病院の頭痛外来では、中年の男性医師に「ストレスによる嗅覚過敏」と言われ、心療内科の受診を勧められた。やはり納得できなかった。ストレスは確かに感じているが、発作の原因ではなく、結果だと思う。そう言ったところ、「素人と議論する気はない」と吐き捨てられた。

三軒目は内科を併設しているレディースクリニックだった。ホームページに「女性の悩みに寄り添います」と書いてあったので、期待できそうな気がしたのだ。受診してみると、キラキラした女性医師が「お辛いですね」と相槌をうちながら話を聞いてくれた。ようやく話が通じる医者に出会えたと喜び、しばらく通ったが、その医者は毎回同じことしか言わなかった。そもそも彼女の髪から漂うコンディショナーの残り香が臭かった。まともに話を聞いていないのだと悟り、通うのを止めた。

この辛い症状をなんとかしてくれる医者は、どうやったら見つけられるのだろう。ネットでさんざん検索してみたが、ピンとくる医療機関は見つかっていない。それとも、また嫌な思いをするぐらいなら、医者になんかかからないほうがいいのだろうか。堂々巡りをしているうちに、いつしか眠りに落ちていった。

翌日は、早起きした。カーテン越しに日差しが差し込んでいた。今日は梅雨の間の晴れ間のようだ。体調はすこぶるいい。こんな日は、窓を開けたかったが、隣家がベランダに洗濯ものを干している可能性が高いので止めておいた。

午前中いっぱいで、昨日仕上げた仕事を見直したうえで森坂に連絡を入れた。

「体調悪いのに、ありがとな。後でチェックしておくよ」

「お願いします。ところで、昨日のミーティング、欠席して申し訳ありませんでした。来月の割り振り、どんなかんじになりましたか？」

カーテン会社の通販サイトを担当したいと希望を出してあったのだ。

「悪い。あの会社は木本さんが担当することになった」

信じられなかった。その会社から仕事の依頼が入ったのを教えてくれたのは木本だ。担当したいなら、森坂に事前に希望を伝えたほうがいいと耳打ちしてくれたのも彼女だった。

「木本さんも希望していたってことですか？」

「そういうわけじゃないけど」

しつこいなと自分でも思いつつ、理由をたずねると、森坂は口ごもった。

「うーん、ちょっと今はまずい。明日、事務所で説明するよ」

奥歯にモノが挟まったような言い方、しかも小声なのが引っかかる。

押し黙っていると、森坂が声のトーンを変えた。

「それより、他に急ぎの仕事はなかったよね。身体もまだ本調子ではないだろうから、午後はゆっくり休んでください。有休扱いにしとくから」

そう言うと、質問を封じるように、森坂は電話を切った。

電話をかけなおそうかと思ったが、さっきの森坂の様子では、食い下がっても無駄だろう。くよくよと考え続けるのは時間の無駄だ。

それよりせっかく有休をもらったのだ。初仕事も無事に終わったことだし、仕事のことは忘れて、リフレッシュしよう。貴重な梅雨の晴れ間でもある。

ただしどこに行っても、人工香料からは逃れられない。先月、屋外ならば大丈夫だろうと思って、テラス席があるチェーンのカフェに行ったところ、着席して五分で退散を余儀なくされた。制汗剤をたっぷり塗りこんだ女子高生のグループが隣のテーブルにやってきたのだ。

それ以来、生活必需品の買い出し以外で、店に入ることはほぼなくなった。その分、散歩やサイクリングにはよく出かけるようになった。においのきつい人とすれ違ったり、住宅の浴室の窓から漂ってくる入浴剤のにおいに不意打ちされたりすることはある。それでも、マスクを常時着用し、異変を察知したらすぐその場を立ち去れば最小限の被害ですむ。

冷凍うどんで簡単に昼食を済ませると、コットンシャツとジーンズに着替えた。刺激がごく弱いというふれこみの日焼け止めを塗って外に出た。いろいろ試したが、この商品には花菜が苦手な成分は含まれていないようで、頭痛は誘発されない。一月で使い切るサイズの商品が四千円と安くはないが、背に腹は代えられず、定期購入している。日よけ用のキャップをかぶり、マスクをつけたら支度は完了だ。

先週通販で買ったキャンバススニーカーを履くと、花菜は外に出た。せっかく時間があるし、いつもの散歩コースも飽きてきた。今日はいつもとは反対方向に徒歩で向かってみよう。

花菜の暮らす賃貸マンションは、西武新宿線と西武池袋線の中間辺りにある。オフィスは新宿にあり、通勤には新宿線のほうを使っているので、池袋線の最寄り駅、大泉学園のほうに行くことは滅多にない。バス通りを北上して線路を越えると、両側に桜並木が並ぶ大通りに出た。住宅の間に畑が点在し、道路が斜めに交差している花菜の自宅付近とは違って、きちんと整備された街という印象だ。歩道もたっぷりとした幅がある。沿道の店は特段洒落ているわけでもないが、昔ながらの商店というわけでもない。ファミリー層が暮らしやすそうな街だった。

時計を見ると、歩き始めて三十分ほど経っていた。少し汗ばんできた。そろそろ引き返そう。道の反対側を歩いて帰ろうとして、信号待ちをする。

すぐそばにあった建物のドアに貼り紙がしてあった。

「特別外来（毎週水曜午後）のご案内」

何気なく読み始めたところ、すぐに引き込まれた。

——過敏症の人のための外来です。身の回りの微量な化学物質に反応する化学物質過敏症はもちろん、その他の過敏症にも対応します。その辛さ、あなただけのものではないかもしれません。一緒に考えましょう。

院長・保泉則子

この保泉クリニックこそ、まさに自分が探し求めていた医療機関ではないだろうか。散歩の最中に巡り合うなんて。偶然ではなく、何かの導きによるものとしか思えない。しかも今日は水曜だ。

花菜は斜めがけしたサコッシュに財布が入っているのを確かめた。財布には、健康保険証が入っている。

　これはもう、入ってみるしかないでしょう。

　花菜はそっとガラス戸を押した。

　すぐ目の前が受付カウンターになっていた。クリーム色の制服を来た若い女性スタッフが会釈を送ってくる。

　十数人は座れそうな待合室には、半白髪の女性がぽつんと一人で座っていた。花菜と同じようにマスクをかけている。

　この分なら、それほど待たずに診てもらえそうだ。中に入り、後ろ手でドアを閉めた。

「あの、特別外来を受診したいんですが。初診です」

　女性スタッフに告げると、頭を下げられた。

「あいにく特別外来は予約制なんです。本日中の診察をご希望でしたら空いている枠は……」

　手元のマウスを操作してモニターを確認すると、四時半でよければ予約を入れると言った。

　壁の時計を確認する。まだ二時を回ったばかりである。二時間以上待たなければならないのか。別の日に出直そうかと思ったが、水曜に休みを取るのは容易ではなかった。在宅ワークを申請したとしても、会社から貸与を受けているPCを使って定期的に連絡を入れる必要があるので、自宅を離れるわけにはいかない。それに、二時間ぐらいどうということもない。

「それで結構です」

「このままお待ちになりますか？　それとも、どこか別の場所で時間まで過ごしますか？」

自宅に戻って再び出てくるのは億劫だ。公園で時間を潰そうかと思ったが、ふと気づいた。この待合室は、消毒液、洗剤といった医療機関にありがちな嫌なにおいがほとんどしない。壁際に巨大な空気清浄機が設置されているせいもあるのかもしれないが、室内から化学物質を意識的に排除しているのだと思われた。

診察待ちの患者のための本や雑誌も用意してあるし、快適に過ごせそうだ。

「ここで待たせてもらってもいいですか？」

「もちろんです。では、健康保険証をお預かりします」

健康保険証と引き換えにクリップボードに挟んだ問診表を渡された。空いている席に座り、ざっと目を通す。

症状が現れた時期、頻度など、よくある質問のほか、仕事への影響、周囲の人との人間関係などに関する質問もあった。

いよいよ期待が高まった。このクリニックの医者は、よく分かっている。そうなのだ。身体が辛(つら)いのはもちろん、生活がしづらくて困っているのだ。各設問を読み込み、答えをしっかり書き込み、受付に提出した。

席に戻り、マガジンラックに手を伸ばそうとしていると、少し離れた場所に座っていた半白髪の女性が声をかけてきた。

「近所にこういう外来ができて、本当に助かりました。私、シックハウス症候群なんです」

初対面なのにずいぶん馴(な)れ馴れしいと思ったが、同じ病気の人と顔を合わせたのは初めてだった。無視する必要もないだろう。

「私も、そんなかんじです」

化学物質や香料が原因と思われる頭痛に悩まされている。通りがかりに貼り紙を目にして、渡りに船とばかりに飛び込んだ。

そんな話をすると、女性は大きくうなずいた。

「このクリニック、春までは一般内科だけだったんですよ。院長が引退して後任で姪御さんの則子(のりこ)先生がこの外来を作ったんです。保険診療なのに丁寧に診てくださるから本当にありがたくて。前に聞いたら、持ち出しでやってるんですってよ」

そのとき廊下の奥から、若い女性が現れた。マスクをかけているが、柔らかい表情だ。花菜たちから少し離れた場所に腰を下ろすと、スマホの操作を始める。

彼女に続いて小柄な若い男性が現れた。彼の顔を見た瞬間、思わず息をのんだ。あまりにも愛らしい顔立ちだったのだ。少年合唱団の衣装を着せたらきっと天使に見える。ただし、今身に着けているのはブルーのユニフォームだ。医師は女性だそうだから看護師だろう。

「富永（とみなが）さん、お待たせしました。診察室へどうぞ」

童顔に似合わぬハスキーボイスで言うと、勢いをつけて踵（きびす）を返す。次の瞬間、小柄な身体が大きく傾いだ。鈍い音を立てながら尻（しり）もちをつく。

「レン君、大丈夫？」

富永と呼ばれたシックハウス症候群の女性が心配そうに言う。医師ばかりか看護師のことも下の名前で呼ぶのに驚いたが、あのルックスだ。気持ちは分からないでもなかった。

レンは情けなさそうに目を瞬（しばたた）くと、富永を廊下の奥に促した。

富永に続き、三人の患者が診察室を出入りした後、ようやくレンに名前を呼ばれた。

「失礼します」

やや緊張しながら、ノックをして診察室の扉を開ける。奥に向かって細長い部屋だった。診察用のデスクと寝台が一つ。処置などは隣の部屋で行うのだろう。

保泉則子と思われる女性は、肘をデスクについてパソコンの画面をにらんでいた。かなりの長身だ。座っていても手足が長く、すらっとしているのが分かる。顔立ちは地味。それはともかく、見事な仏頂面だった。

患者用の椅子が目の前にあったが、勝手に座っていいのだろうか。戸惑っていると、診察室の奥にある出入口からレンが顔を出した。

「どうぞ、おかけください。荷物は足元の籠へお願いします」

指示に従って着席すると、ようやく保泉は顔を上げた。花菜を一瞥すると、首をひねってポキポキ鳴らした。低い位置で一つにまとめた髪が揺れる。問診表をレンから受け取ると、それをデスクに置き、長い脚を組んだ。

「明野さん、ね。で、今日はどうした」

思わず保泉の顔を見た。

いきなり「どうした」はないだろう。せめて、「どうしましたか？」と言うべきだ。読む気がないなら、なんで問診表など書かせるのだ。そもそも、なぜ患者の前で脚を組む。

突っ込みどころがありすぎだ。黙っていると、保泉が肩をすくめた。

「話しにくい？　じゃあ、まずこの外来についてざっと説明しようか」

自分は一般内科のほか、呼吸器内科、アレルギー科が専門である。体調不良の原因が化学物質と推定される場合は、自ら検査、診断、薬の処方を行う。それ以外の過敏症、例えば味覚過敏、聴覚過敏などについては、まずは話を聞く。そのうえで対処方法を一緒に考える。場合によっては専門医の受診を勧める。

「心療内科や精神科の領域というケースもあるんだ」

たとえば、最近、人一倍繊細で感受性が強く、光や音などに敏感な人の存在が注目されている。HSP、ハイリー・センシティブ・パーソンと呼ばれる人たちで、生まれつきの気質と考えられている。そういう人には心療内科や精神科の専門家が助けになるはずだ。

説明を聞き、花菜はうなずいた。以前、心療内科の受診を勧められたときには、気のせいだと言われているようで反発を覚えたが、あれは医師の態度がひどかったからだ。保泉の言葉には素直にうなずける。

「というわけで、明野さん。話を聞こうか」

花菜は、症状の説明を始めた。はじめは新築物件に入ると頭痛がしていた。シックハウス症候群だと思ったので、インテリアコーディネーターからIT企業に転職した。今は人工香料がくさくてたまらない。人工香料を嗅ぐと始まる頭痛が辛い。気のせいだとか、気の持ちようだとかいう医者もいるが、そうではないと思う。つい先日はトイレで異臭を感じ、その場でしゃがみ込んでしまった。

一通りの話を終えると、喉(のど)の渇きを覚えた。時計を見ると、十分近く経過していた。

保泉は話し始めた。

「次回、化学物質過敏症の検査をしよう。それはそれとしてコウガイって言葉、聞いたことある？」

「水俣病(みなまたびょう)とかのことですか？」

「いや、そっちじゃない。香りの害って書くんだ」

香りの害。文字を思い浮かべた瞬間、自分が悩まされているのは、まさにそれだと思った。

「詳しく話そうか」

ぜひ聞きたいと言うと、保泉は話し始めた。

二〇〇〇年代に「香りブーム」が到来した。体臭や口臭をケアするのがエチケットであり、おしゃれであるとされ、化粧品、ヘアケア商品、洗剤、柔軟剤などに「いい香り」を添加した商品が次々登場した。

それに連動するように、体調不良を訴える人が現れ始めた。香料に含まれる物質が頭痛、めまい、倦怠(けんたい)感といった症状を引き起こすと考えられており、化学物質過敏症の一形態である。

保泉のしゃべり方は間延びしているが、回りくどい言い方を一切しない。そのせいか、よく理解できた。自分を苦しめているものは香害で間違いないと思う。でも、肝心なのはその先だ。

「治療法はあるんでしょうか」

「頭痛を引き起こす物質を身辺から遠ざけるのが一番だね。あとは、頭痛薬で対処する」

「治らないってことですか？」

特効薬はない。対症療法でやり過ごすしかないが、症状がきつい患者のなかには、転職や転居を余儀なくされる人もいるそうだ。一歩も家から出られない人がいると聞き、言葉を失った。頭痛が煩わしいだけの自分は軽症の部類だ。そして腹が立ってきた。「いい香り」を身にまといたい人がいるのは分かる。でも、その陰で少数とはいえ、そこまで不便な生活を強いられる人がいるのはいかがなものか。

「規制はできないんですか？」

「今のところはね」

メーカー側は科学的な根拠がないと主張している。患者、消費者団体や有識者が規制を求めて活動しているが、厚生労働省の動きは鈍いようだ。

「少なくとも、香りや消臭効果が長く続く製品だけでも規制したらいいんじゃないかと私は思うけどね」

その手の商品には、香料や有効成分を詰めた微小カプセルが使用されている。衣服がこすれたりしてカプセルがはじけるたびに中身が放出されるので、使用者にとっては「新鮮ないい香りや消臭効果」、過敏症の人には「耐えがたいにおい」が長時間持続するそうだ。

「すぐに環境は変わらないかもしれない。でも、自分で変えられることは変えていこう。職場が問題なんだよね。上司に相談してみた？」

「いえ。同僚には人工香料が苦手だと伝えました。ただ、うまく伝わらなかったみたいで」

保泉はデスクの引き出しを開けると、カラフルなパンフレットを取り出した。

「職場で回し読みしてもらったらどうだろう」

パンフレットを受け取り、ざっと目を通した。さっき保泉が話したような内容がまとめてあった。作成したのは、都内に本部を置く消費者団体だ。イラストがふんだんに使われていて分かりやすかった。ただ、読んだ人がどういう感想を持つか心配だ。非難されていると感じる人もいるだろう。

「気が引ける？　でも、話さないと分かってもらえないよ。誰かが何かをしてくれるのを待ってるだけじゃ、世の中は変わらないし」

おっしゃる通りかもしれない。でも、よちよち歩きの新人がそこまで主張をしていいのだろうか。黙っていると、保泉はぬっと手を突き出し、パンフレットを取り上げた。

「使わないなら返して。部数に限りがあるのでね」

レンが保泉を咎(とが)めるような目で見た。

「先生、そういう言い方は……」

「もったいないよ。それよりもう一つ。トイレの異臭の原因は分かった？」

「いえ」

「人工香料とは比べ物にならないほど苦しかったんでしょ。まさかとは思うけど、有毒ガスの類(たぐい)かもしれない。原因をはっきりさせたほうがいいね」

そこまでのものではないと思う。あの日、帰宅する前に同僚に聞いてみたところ、「変なにおいがする」と感じた人はいたようだが、具合が悪くなった人はいない。花菜以外の人にとってはその程度のにおいだったのだ。花菜が首をかしげると、保泉は身体を少し前に乗り出した。

「過敏症の人たちを炭鉱のカナリアになぞらえる人がいるんだ。私もそんな気がする。あくまでもイメージだけどね」

意味が分からない。戸惑っていると、保泉は続けた。

昔、炭鉱に入るとき、作業員は籠(かご)に入ったカナリアを伴った。カナリアは人間より有毒ガスに敏感だ。カナリアの様子を見ていれば、危険をいち早く察知できる。警鐘を鳴らす存在だ、と言いたいようだ。

なるほど、と思った。大半の人は気づかなくても、見過ごしたら危険なものかもしれない。保泉の言うように、原因を確かめておこう。あのときトイレから出てきたシニヨンさんに聞けば何か分かる可能性がある。

そして思った。人工香料の問題も同じかもしれない。空中に漂っている化学物質に大半の人は影響を受けない。だから「いい香り」などと笑っていられる。でも、長期間にわたって吸い込み続けたらどうだろう。花菜たちのように、なんらかの症状が出る人が増えるのではないだろうか。

自分の考えを保泉にぶつけてみたかったが、保泉は、「あくまでイメージ」と断ったぐらいだ。肯定も否定もしないと思う。保泉はおそらくそういうスタンスだ。その場しのぎのことを言ったりしない。花菜を対等な一人の人間として見てくれているのを感じる。言葉遣いはともかく、率直な考えを聞かせてくれるのも新鮮だった。これまでかかった医者の誰よりも信頼できると思った。

仏頂面の語源となった仏頂尊(ぶっちょうそん)という仏の面立ちは、実際には知的で威厳に満ちていると聞いたことがある。保泉もそんなふうに見えてきた。

レンが腰をかがめ、保泉に向かって「そろそろ時間です」とささやいた。保泉がうなずく。

「今日はこれまでにしようか。頭痛を抑える薬を出しとく？」

「お願いします。あと、さっきのパンフレット。いただいてもいいですか？」

レンが目を輝かせてうなずいた。

保泉は、ふんと鼻を鳴らすと、仏頂面でパンフレットを突き出した。


翌日は早めに出社した。オフィスに人はまだまばらだったが、向かいの席の森坂は、すでに来ていた。席に着くなり、声をかけられた。昨日の話の続きだろう。

「カーテン会社の件だけど、今のうちに話しておくね」

先方の担当者は、WEBデザイナーと対面での打ち合わせを希望している。仕事を取ってきた営業によると、先方の担当者の香水がきつかったのだという。

「明野さんは、人工的なにおいが大嫌いなんだってね。一昨日(おととい)の体調不良もそれが原因なんでしょ」

大雑把に言えばその通りだ。うなずくほかなかった。

森坂は周囲を見回し、声が届く範囲に誰もいないのを確かめると言った。

「朝霞さんに当てこすりを言ったんだって？　助け起こされたときも、嫌な顔をしたそうじゃない」

　そういう人間を香水好きの顧客の担当にはできないということか。事情は分かった。でも、好き嫌いで言っているのではない。それだけは分かってほしい。

　花菜はバッグに忍ばせておいたパンフレットを取り出した。こんな早くに使う機会が来るとは思わなかった。

「この冊子、読んでもらっていいですか？」

　パンフレットを手に取ると、森坂はうなった。

「香害は公害、ねえ……」

　そう言いながら、目を通し始める。しばらくすると、森坂はパンフレットを閉じ、首を横に振った。

「煙草の煙が身体に悪いのは分かる。でも、ここに載ってる商品は、そのへんで売ってるものばかりじゃないか。ＣＭも大量に流れてる。有害だと言われても、科学的根拠がなければ、使うのを止めましょうとは言えないよ」

「煙草だって昔は誰も問題にしていませんでした」

「それはそうだけど……」

　森坂は目を閉じた。考えをまとめているらしい。目を開くと早口で話し始める。

「気を悪くさせたら申し訳ない。辛（つら）いのは分かるし、弱者に対する配慮は必要だとも思う。でも、それによって、その他大勢が大変な不便を強いられるとしたら、それは違うんじゃないかな。それより、弱者を保護する方法を考えたほうが現実的っていうか」

論点がずれているような気がする。やはり、理解してもらうのは簡単ではないのだ。背後で咳払いが聞こえた。振り向くと、朝霞が立っていた。今日は、柔軟剤のにおいはしなかった。

朝霞の顔は険しかった。唇を引き結び、刺々しい視線を送ってくる。

「朝霞さん、先日は助けてもらって……」

立ち上がって頭を下げかけるのを、朝霞はさえぎった。カフェラテ色に染めた髪をかきあげると、冷ややかな声で言った。

「申し訳なかったわね」

「いえ……」

途中から二人の話を聞いていたと朝霞は言った。

「体臭を気にして香りを身に着けている人もいるでしょ。そういう人たちに止めろって強制するのは行き過ぎだし、身勝手だと思う」

いたたまれない気持ちでうつむくと、森坂が割って入った。

「朝霞さん、そこまで言わなくてもいいんじゃないですか？　妥協点を探るようにしないと、話が前に進まない。とりあえず、このパンフレットを一通り読んでみたらどうでしょう。僕としては全面的に賛同はできない。でも、なるほどなと思う部分もありましたよ。それに、総務部長ってこういう問題に対処するのも仕事のうちじゃありませんか？」

森坂はパンフレットを朝霞に渡した。朝霞は頬をひきつらせながらそれを受け取ると、花菜に向き直った。

「傷つけてしまったのなら、ごめんなさいね」

謝ってはいるものの自分は悪くないと言っているようにしか聞こえなかった。でも、ここで言い返せるほど自分は強くない。

スタッフが次々と出社してきた。室内にいろんなにおいが漂い始める。まだ始業前だというのに、頭痛が始まりそうだ。

この会社で働き続けるのは難しいかもしれない。この会社の総務部長は朝霞だ。人工香料の自粛なんて、夢のまた夢だ。

終業時刻を迎えたときには、ほっとした。

始業時に軽い頭痛はあったが、それ以上症状がひどくなることはなかった。朝霞が香りつきの柔軟剤を自粛してくれたおかげかもしれない。

朝霞との刺々しいやり取りに心を痛めたのだろう。森坂は自分が担当する予定だった岩手県のクライアントを花菜に回してくれた。オーガニック料理を出す自然志向のペンションのオーナーだ。遠方なので打ち合わせは基本的にオンライン。人工的な香りが好きとは到底思えないので、対面の打ち合わせも大きな問題はなさそうだ。

悪いこともあったけど、いいこともあった。そう自分に言い聞かせながら、オフィスを出た。

駅へと向かう大通りの歩道には、人があふれていた。マスクをつけていても人工香料のにおいが、あちこちから漂ってくる。

そのとき、スパイスを連想させるにおいがふっと漂った。トイレから漂ってきたあのにおいだ。背後からの風に乗ってきたようだ。においはごく薄いけど間違いないと思う。

振り向こうとしたが、その前に女性が花菜を追い越していった。オレンジ色のニットに、リネンのロングスカート。ストローハットをかぶり、ふわっとしたウェーブの髪を肩甲骨のあたりまで垂らしている。いつもと雰囲気が違うが横顔ですぐに分かった。シニヨンさんだ。この前と同じ大きな布のトートバッグを肩から下げている。問題のにおいは、バッグから漂ってくる。

「あの……」

声をかけたが、彼女の耳には届かなかったようだ。シニヨンさんは、わき目も振らず、駅ビルに入っていった。花菜は小走りで彼女の後を追った。

シニヨンさんは、エレベーターで二階に上がった。いつの間にか、サングラスをかけている。今日は薄曇りだ。しかも、もうじき日が暮れる。そもそも建物の中でサングラスが必要とも思えない。考えてみると、ストローハットも普通は梅雨時にかぶらない気がする。

声をかけそびれていると、シニヨンさんは生活雑貨の店に入っていった。この手の店は、化粧品を扱っているので、得意ではない。

ただ、店の出入口は反対側にもある。そちらから出ていかれたら困るので、外で待つわけにはいかなかった。注意深く入店し、文房具売り場のあたりから彼女の様子を目で追った。

シニヨンさんは大きなサイズのレジかごを手に持って、基礎化粧品が並んでいるコーナーに向かった。

無造作な手つきで棚から瓶を取り出す。一本、二本……。棚にあった六本をすべてレジかごに入れると、レジへと向かった。

遠目だから断言はできない。でも、たぶん全部同じ商品だ。友だちにでもプレゼントするのだろうか。あるいは、人気商品を買い占めて転売するつもりなのかもしれない。

そんなことを思いながら、彼女がレジで精算を済ませるのを見ていた。

シニヨンさんは、大きく膨らんだレジ袋を受け取り、トートバッグに無造作に突っ込んだ。バッグの重みで上半身が斜めに傾ぐ。

レジ係の女性が、彼女に声をかけた。次の瞬間、シニヨンさんは小さく飛び上がった。実際にジャンプしたのかどうかは分からない。でも、花菜の目にはそう見えた。膨れ上がったトートバッグを胸に抱くようにして、シニヨンさんは脱兎のごとく駆け出した。スカートの裾を蹴り上げながら、反対側の出口へと駆けていく。

花菜の頭の中が、一瞬白くなった。考える間もなく、彼女の後を追った。

シニヨンさんは、二階から直接外につながる自動扉を出た。風にあおられたのか、ストローハットがふわっと浮いたかと思うと、地面に落ちた。それを拾おうとしたのだろう。シニヨンさんは振り返って、しゃがみかけた。その前に彼女は自動扉のほうを見た。そして、目を大きく見開いた。一瞬泣き笑いのような表情になったかと思うと唇を引き結び、再び踵を返した。髪をなびかせながら、階段を駆け下りていく。オレンジ色のニットを着た背中が、みるみるうちに遠ざかっていった。

花菜は弾む息を抑えながら、自動扉の外に出た。ハットに手を伸ばそうとしたときだ。ひょろっとした優男が隣に立った。生活雑貨店のスタッフが着用する緑の胸当て付きのエプロンをつけている。

「えっと、その帽子……」

「女性が落としていきました」

「預かりましょう」

男はそう言うと、距離を詰めてきた。胸につけたネームプレートによると名は千場孝宏。この店の店長だ。くせ毛をいい感じにカットしているお洒落さんだが、整髪料のにおいがややきつい。

「私、このハットを落とした女性の知り合いなんです。同じビルで働いていて。すぐ近くなので戻って会社に届けますよ。誰もいなければ、ビルの管理人さんに預けます」

千場は目を瞬き、うつむいた。落とし物の処理には、決まった手順があるのかもしれない。そもそも、花菜が本当のことを言っているかどうかなんて分からない。

花菜の提案が不適切であるなら、なぜさっさと断らないのだろう。不思議に思っていると自動扉が開いた。緑のエプロンをつけた女性が出てくる。さっき、レジにいた女性だ。

「店長、倉知さんは？」

「追いつけなかった」

シニヨンさんと知り合いなのか。

驚いたが一つ合点がいった。何があったのかは分からないが、シニヨンさん、いや、倉知があんな表情を浮かべたのは、見つかりたくなかった相手、すなわち千場と顔を合わせてしまったからだ。

レジ係は、花菜が手に持っている帽子を目ざとくみつけた。

「それ、オレンジの服を着た女性が落としていきませんでした？」

「ええ」

「じゃあ、こっちで」と言って手を伸ばす。花菜がハットを渡すと、レジ係は千場を見上げた。

「倉知さんの携帯の番号、分かりますよね。電話してください。ビルの遺失物係に渡して雑に扱われたら気の毒です」

「ああ、そうだな」

レジ係は小首をかしげた。

「それにしても、不思議です。私、店長を呼びますかって聞いただけなんですよ。なのに、あんなふうに逃げ出すなんて。そもそも自分の会社の商品を買い占めるのも、意味が分かりません」

うっすらと状況が見えてきた。ただ、全貌（ぜんぼう）がまったく不明だ。そして倉知の様子が気になる。

「あの、ちょっとお話できますか？」

千場はハットをレジ係から取り上げると、店に戻るようにと言った。レジ係は、不満そうに頬を膨らませたが、千場の表情が強張っているのに気づいたのだろう。素直に店に戻っていった。

彼女が自動扉の中に消えると、千場は花菜に頭を下げた。

「この帽子、やっぱり、預けてもいいでしょうか？」

「もちろんですが、何があったか聞いてもいいですか？　倉知さん、様子がおかしかったでしょう。心配で……」

千場はしばらく考え込むようにしていたが、やがてうなずいた。

「実は僕もそうなんです。明日、彼女がどんな様子か分かればありがたいんですが」

立ち話も何だからと言うと、千場は店のバックヤードへ花菜を誘った。

天井まで届きそうなスチールの棚に商品のストックが所狭しと並べられているその部屋は、売り場と比べて、蒸し暑かった。入口に近い事務スペースでパソコンに向かっているスタッフに一声かけると、千場は部屋の奥のほうへ歩いて行った。周囲に誰もいないのを確かめると、千場は低い声で話を始めた。

「お察しと思いますが、倉知さんはお客さんを装って、自社の商品を買いにきました。

初めてではありません。今日は、ウチのレジ係が、彼女の変装を見破って声をかけてしまったものだから……」

咄嗟に逃げ出したらしい。想像していた通りだ。

商品の名前はディチャ。南米で大人気の化粧水だそうだ。会社の命運をかけた新商品として四か月ほど前に発売した。その少し前から、倉知は熱心に営業活動をしていたという。

「この店にも、何度もチラシやサンプルを持ってきてくれました。気の利いた手土産までくれたりするものだから、ちょっと感激してしまって」

彼女の熱意もむなしく、発売から四か月ほど経っても、売り上げは伸び悩んでいた。もっとはっきり言えば、鳴かず飛ばずの状態で、棚から商品が消えるのは、もはや時間の問題だった。

「それで焦ったんでしょう。彼女は客としても商品を買いに来るようになりました。他の店にも行っていたと思います。商品の販売データを見たら、急に売れ行きがよくなっていたから」

客としてくるときにはサングラスをかけたり、デニムをはいたりして、雰囲気を変えていたが、本人だとすぐに分かった。はじめは一度に一本買うだけだったが、そのうち大胆に、棚にあるだけ全部を持っていくようになった。

「見て見ぬふりをしました。本社にも報告していません。褒められた話ではないのは分かっていますが、彼女の頑張りをずっと見てきたので、応援したい気持ちがあって」

千場の耳がうっすらと赤くなっていた。倉知に好意を持っているのかもしれない。そうでなければ、こんなふうに、花菜に打ち明け話をしたりはしないだろう。

千場は続けた。

今日も、倉知を発見するや否や、視界に入らない場所に移動し、彼女が買い物を済ませるのを待っていた。

ところが、レジ係が倉知に気づいた。一月ほど前、倉知からディチャのサンプルをもらったのだという。二人が顔を合わせていたのは、ほんの数秒に過ぎなかったから、倉知のほうは覚えていなかったようだが、彼女のほうは変装を難なく見破った。

そのときの倉知の気持ちを想像すると、胸が痛かった。逃げ出したくなるのも無理はない。

レジ係の女性に悪気があったとは思わない。でも、自尊心をへし折られ、羞恥心や自己嫌悪にさいなまれて、倉知の心はきっとぐちゃぐちゃだ。

千場はくせ毛を指でかき回すと、ボソッと言った。

「追いつけなくて、よかったのかもしれません。正直、かける言葉が思いつかないから。でも、やっぱり心配は心配で……」

倉知は、共同経営者の反対を押し切って借金をして、ディチャの販売権を手に入れた。しくじったら、会社はおそらく倒産。共同経営者にも大損害を与えてしまうそうだ。

「このところ様子がおかしかったんです。昨日、営業に来たときも、目の焦点が定まっていませんでした。そもそも、営業に来た翌日に変装して客のふりして来るなんて、普通の精神状態じゃないですよね」

その通りだと花菜も思う。そもそも、精神状態が正常だったらあんな雑な変装では知り合いの目をごまかせないと分かるはずだ。

千場は唾を飲み込むように喉を動かすと、花菜に頭を下げた。

「明日、彼女の様子を知らせてもらえないでしょうか」

花菜はうなずいた。出社しているかどうかぐらいは分かるだろう。

そのとき、かすかな振動音がした。千場がエプロンのポケットに手を入れた。「失礼します」と言いながらスマホを取り出す。その画面を見るなり、彼の顔に緊張が走った。

「倉知さんからメッセージが来ました」

素早く指を動かし、画面をスクロールしていく。顔を上げた千場は、ほっとしたように息を吐いた。スマホの向きをひっくり返して、花菜の目の前に差し出す。

「読んでみてください」

　私信を発信者の許可なしで読むのは、マナー違反だろう。でも、読みたいという気持ちに勝てなかった。花菜は、画面の文字に視線を走らせた。

　――先程は恥ずかしいところをお見せしてしまい、申し訳ありませんでした。穴があったら入りたい気分です。でも、ようやく目が覚めました。ディチャは、私が心から惚れ込んだ大切な商品です。御社との取引が打ち切りになったとしても、焦らずじっくり育てていこうと思います。今後、またお世話になることがあるかもしれません。その際にはよろしくお願いします。

　読み終えると、花菜は言った。

「なんだか前向きですね」

　意外な気もしたが、あんなことがあったのだ。開き直るしかないと悟ったのだろう。きっともう大丈夫だ。

　花菜としても助かった。この様子なら、彼女は二度と自社商品を買い占めたりはしない。それを職場のトイレに流すような真似もしないはずだ。あの刺激臭を嗅がされるのは、二度と勘弁だ。

　千場は、晴れ晴れとした表情で笑った。

「本当によかった。でも、やっぱり帽子は届けてもらっていいですか？」

倉知の名刺は持っていると千場は言った。なので自分で届けることもできるが、彼女と顔を合わせたら、気まずい思いをさせるかもしれない。

「事情を知らないふりをしてあなたに届けてもらうのがいいんじゃないかって」

お安い御用である。花菜は、ハットを受け取った。


四階までエレベーターで上った。エレベーターの扉が開いた瞬間、あっと思った。あのにおいだ。スパイスのような独特なにおい。トイレのドアは閉まっているが、においはドアの隙間から漏れてくるようだ。水を流す音もかすかにする。

倉知はこのビルに戻ってきたようだ。これが最後と思って、ディチャの中身をトイレに流しているのだろうか。

階段を踊り場まで下って、倉知が出てくるのを待った。しかし、彼女はいつまで経っても出てこなかった。水が流れる音は、とっくに止まっている。

嫌な予感が背中を這い上がってきた。

今、思えば、さっきのメッセージは、あまりに前向きすぎた。死にたいほど恥ずかしい目にあったのだ。開き直るには、もう少し時間が必要ではないか。

花菜は、覚悟を決めてトイレのドアを開けた。強烈なにおいが襲ってきた。反射的に身体を引いたが、視線はしっかり中に向けた。

奥の個室のドアが閉まっていた。めまいと頭痛がきつくなる。喉の粘膜が悲鳴をあげはじめた。

花菜は、トイレのドアにつかまったまま、中に声をかけた。

「倉知さん？」

返事はなかった。

「誰かいるなら返事して！」

それが限界だった。喉がぜいぜいと鳴り、視界がらせんを描くように揺れ始める。目をつぶり、壁に身体を預けた瞬間、背後から声がした。

朝霞は眉間に皺を寄せると言った。

「まだ引き上げてなかったの？　っていうか、なんなのよ、このにおい」

花菜は必死で訴えた。

「トイレの奥の個室の様子を見てください」

「どういうこと？」

「人が倒れているかもしれないんです。早く！」

朝霞は、驚いたように目を見開くと、トイレに駆け込み、奥の個室のドアを叩いた。

「もしもーし！　中の人！」

返事はない。

「大丈夫ですか？」

朝霞は大声で言うと、咳き込み始めた。朝霞にとっても、ディチャのにおいは強烈だったようだ。それでも朝霞の動きは俊敏だった。返事がないと見るや、ヒールを脱ぎ捨て、ドアの上辺に手をかけた。両足をドアにつっぱらせ、ぐっと身体を引き上げる。ボルダリングで慣れているのか、やけに動きがスムーズだ。

ドアと天井との間には、五十センチほどの隙間がある。そこに首を突っ込むと、朝霞は咳き込みながら叫んだ。

「ちょっと、あなた！　止めなさい！」

朝霞は、ぐっと身体を乗り出すと、ドアの向こう側に手を突っ込んだ。一瞬の間があった後、個室の中から悲鳴のような泣き声が聞こえた。心臓が止まるかと思ったが、泣き声はいつまでも続いた。

間に合ったのだと思いながら、花菜は意識を失った。


その夜の記憶はあいまいだった。

朝霞が救急車を呼ぼうとしたのを断り、保泉クリニックに電話をかけた。こんなに苦しいのに、知らない医者に一から状況を説明できるはずがない。保泉に助けてほしかった。

気がついたら、保泉クリニックの処置室のベッドで寝ていた。傍らにいたレンに聞いたところ、レンがクリニックの往診用の車で迎えに来てくれたそうだ。

診療時間がすでに終わっていたにもかかわらず、保泉も待っていてくれた。仏頂面は相変わらずだったが、彼女の顔を見たら、心底ほっとした。

投薬などの処置は特に受けなかったが、小一時間ほど横になっていたら体調はほぼ回復した。気がついてからずっと涙が流れてしょうがなかった。保泉は何も聞かなかった。

その後、レンが車で自宅まで送ってくれた。レンも何も聞かなかった。放って置いてくれる優しさが心に沁みた。

翌日は、休みを取ってぼんやりしていた。昼過ぎにスマートフォンに着信があった。朝霞からだった。花菜が想像していた通りだった。倉知は自殺を図ろうとしていた。どこまで本気だったかは不明だが個室のドアの内側のフックにかけた紐を握りしめ、震えていたのだという。

朝霞はドアを乗り越え、倉知を救出した。社長にだけ事情を話し、事務所のミーティングルームで彼女を休ませた。温かい飲み物を飲ませ、落ち着かせたところ、彼女は母親に電話をかけることに同意したという。それから一時間ほど後、迎えに来た母親と二人で帰宅したそうだ。ずいぶん落ち着いた様子だったし、迎えに来た母親も気丈な人だった。あの様子なら、おそらく大丈夫だろうと朝霞は言った。

大丈夫でなかったとしても、これ以上、自分たちにできることはない。千場にも、倉知は無事だったとだけ言うつもりだ。そして倉知が元気を取り戻すのを祈るほかなかった。

月曜日、久しぶりに出勤した。端末を立ち上げていると、朝霞が傍に来た。今日も香りつきの柔軟剤は使っていない。

「先日はありがとうございました。朝霞さんに、大変なことを全部やっていただいたようで」

「まったくよ」

そう言うと、朝霞は前髪を手で払った。

「彼女がトイレに流した化粧水、すごいにおいだったね。息ができなくて死ぬかと思った。あの後、しばらく頭痛も止まらなかったし。あなたの気持ちが少しは分かったような気がする」

予想もしていなかった展開だ。朝霞は淡々と続けた。

自分には、娘がいる。中学生のとき、体臭を理由にいじめられ、登校できなくなってしまった。転校させ、香りつきの柔軟剤を使うようにしたところ、笑顔を取り戻した。

「私も娘も、香りつきの柔軟剤に救われたと思ってる。でも、総務部長としては自分の家の事情で物事を判断するのもどうかと思ってね。あのパンフレットを読んでみた。娘にも読ませた。そうしたら、お母さん、もういいよって」

このにおいで苦しんでいる人がいるなんて知らなかった。だったら、使わなくてもいい。自分はもう大丈夫だ。

娘はそう言ったのだそうだ。

花菜の胸に温かいものが広がった。そういう反応を示してくれる人も世の中にはいるのだ。自分は反発されることを恐れすぎていたのかもしれない。

朝霞は続けた。

「それで止めてみたらびっくりよ。あれ、本当ににおいが強いね」

同じにおいを嗅(か)ぎ続けると、嗅覚(きゅうかく)は麻痺(まひ)する。止めてみないと、周りの人がどう感じているか、気づきにくいようだと朝霞は言った。

「そういうわけで大げさだとか、身勝手だって言ったのは撤回して謝罪します。申し訳ありませんでした。あと、この前のパンフレット、新しいものをもう一部もらえる？　社内環境の改善案を作って、パンフレットと一緒に社長に渡すつもり。身体に悪いっていう決定的な証拠はなくても、作業効率が落ちる人がいるのは事実だものね」

花菜はスマホを握りしめた。保泉が言っていたのは、こういうことなのだ。世の中とまではいかない。でも、自分の周りは変わり始めようとしている。一人ひとりが変われば、きっと世の中も変わる。来週、化学物質過敏症の検査を受けに行く。そのとき保泉に伝えよう。私は最初の一歩を踏み出した。

2　章

防災無線が「夕焼け小焼け」を流し始めた。こんな時間になっていたとは。

昼過ぎ、いつものように頭痛とめまいが始まったので、リビングに隣接している和室で横になった。ちょっとだけのつもりだったのに。

松崎和歌子(まつざきわかこ)は身体を起こした。三時間近く身体を休めていたのに、倦怠(けんたい)感は解消されるどころか、ひどくなっている。胸は圧迫されるようだし、頭痛もする。といっても、起き上がれないほどではなかった。それに、夜になると症状はたいてい落ち着く。今日もそうなることを期待して、夕食の支度を始めよう。

主菜は冷凍庫にある鰆(さわら)の粕漬(かすづ)け。副菜は裏庭の菜園の野菜でどうにかしよう。体調が悪くなってから、菜園が作れるほどの広さがある庭付き戸建てに住んでいるありがたさがよく分かった。この時期、冷蔵庫の野菜室がほとんど空でも、だいたいどうにかなる。

シンク下の引き出しからキッチンバサミとボウルを取り出し、ウッドテラスに面した窓を開けた。もわっと熱い空気が入り込んでくる。

ここ埼玉県狭山市では、三日前に梅雨が明けた。不調を感じるようになったのは春先だから、辛い日々がもう三か月も続いている計算だ。かかりつけ医に相談したところ更年期障害かもしれないと言われ、婦人科を受診した。以来、定期的に通院し、処方された薬を飲んでいるが、症状が改善する気配はなかった。夫の篤夫の勧めで先月有名病院の人間ドックに入ったが、結果は異常なし。かかりつけ医に、しばらく様子を見るように言われたのでそうしているが、毎日身体がきつくてたまらない。

去年の冬、西隣に建った老人ホームの屋根越しに西日が差し込んでくる。栗畑だった場所に二階建てのホームが建つと聞いたとき、庭に出にくくなったら嫌だなと思ったが、いざ完成してみると松崎家に面した壁に窓はなかった。春先に入居が始まってからも騒音などの問題はなく、拍子抜けするぐらいだった。畑がなくなったせいか、庭で野良猫を見かけなくなったのも嬉しい。糞をされて困っていたので、超音波で猫を撃退するという機械まで導入したのだが、完全に侵入を防ぐことはできず、対処に頭を悩ませていた。

ウッドテラスから庭に降り、南側にある菜園へ向かった。中玉トマトが鈴なりになっている。昨日と今日の二日で一気に色づいたようだ。完熟間違いなしと思った六個をもいだ。他には大きな甘唐辛子が五つ。お椀に使う青ネギを確保しながら、素早く献立を考える。副菜は湯むきしたトマトを白出汁に漬けたものと甘唐辛子の味噌炒め。お椀はワカメとネギのみそ汁。それに漬物でもあれば、初老の夫婦二人には十分だ。

「おーい」

呼ばれて顔を上げると、篤夫がテラスの窓から顔を出していた。麦茶の入ったコップを持っている。一息入れに階下に降りてきたのだろう。といっても、仕事をしているわけではないのだが。

篤夫はこの春、技術者として三十年以上勤めた化学メーカーを五十六歳で早期退職した。就職を機に家を出た長男の徹が使っていた二階の洋室にパソコン、ディスプレー、オーディオセットなどを持ち込み、ゲームと音楽、映画鑑賞三昧の毎日だ。

再就職する気はないそうだが、咎める気はなかった。篤夫は人づきあいが極端に苦手な性格だ。サラリーマン生活から解放されて、どんなにほっとしたことか。篤夫の実家はそこそこの資産家だから、老後資金もなんとかなるだろう。

「ねえ、これ」

和歌子はボウルを傾けた。たくさんとれたトマトを見てもらいたかったのだが、篤夫は無表情で言った。

「窓が開けっぱなしだけど」

心の中でつぶやいた。だからどうした。しかし、うっかりしていた自分が悪いのは確かだ。気を取り直してごめんと謝った。

「エアコン代、もったいなかったね」

「それと明日の朝食べる卵がなかったよ」

冷蔵庫から麦茶を取り出すときに気づいたのだろうが、だからどうした。今度は喉元まで出かかったが、和歌子が言葉を発する前に篤夫は窓を閉め、踵を返した。右手に持っていたハサミをボウルに入れ、こめかみを押さえる。

篤夫があれこれ指摘するのは、いつものことである。気にしてもしようがない。

自分にそう言い聞かせると、家の中に入った。野菜の下ごしらえをすませ、米を炊飯器にセットしていると、二階でドアが開く音がした。階段の上から篤夫の声が降ってくる。

「洗濯ものが干しっぱなしだけど」

まだ言うか。もう限界だ。和歌子は二階に向かって怒鳴った。

「だったら取り込んでよ！」

空気がシンと静まり返った。自分の鼓動ばかりが耳につく。胸もこれまでなかったほど苦しい。

上階でひそやかな足音がした。篤夫がベランダに面した窓を開ける音を聞きながら、和歌子はため息を吐いた。

——夫源病。

不調の原因はそれかもしれない。

半月ほど前、テレビの生活情報番組でその病名を知った。夫の言動が原因で体調が悪くなる病気だそうだ。

篤夫は細かいことによく気がつく。しかもそれをいちいち口に出す。それが和歌子にとってストレスになっているのだ。

以前から篤夫のそういう性格に苛立つことはあった。しかし、頻度は今ほどではなかった。篤夫が家にいる時間が短かったから当然だ。

篤夫は声を荒らげたりはしない。彼の口から繰り出される言葉は、軽いジャブのようなものだ。しかし、ジャブだって絶え間なく浴びせられたらダメージが蓄積し、いずれダウンするだろう。今の自分は、そういう状態なのだ。

夫源病を疑い始めてから、篤夫には何度も言った。

「私の落ち度やミスをいちいち指摘しないでほしいんだ」

最初のとき、篤夫はキョトンとした目をしたかと思うと、何を言われているのか分からないと言った。カチンと来るたびに、今の指摘が嫌なのだと説明してみたが、「事実を述べているだけだ」と繰り返すばかりで埒があかないので諦めた。

結婚しておよそ三十年。夫婦仲は悪いほうではなかったと思う。一家の大黒柱として家計を支えてくれたことに感謝しているし、徹の父としても、合格点をつけられる。でも、これ以上篤夫と一緒に暮らすのは無理だ。気持ちの前に身体が悲鳴をあげている。

そうは言っても、いきなり家を出るのは考えものだった。夫源病だというのは、和歌子の想像にすぎないのだ。証拠もないのに「あなたが原因で体調が悪い」などと言うのは、さすがに理不尽だ。

確証をつかむ必要があった。その方法については、何日か前に思いついたし、具体的な計画も立てた。計画を実行に移す時が来たのだ。

和歌子は冷凍庫から取り出した鰆を流水解凍し始めた。

次の日は土曜だった。朝食の後、一人分の焼きそばを作って皿に盛り、ラップをかけて冷蔵庫に入れた。

——久しぶりに実家に行って泊まってくるので、夕食は出前を取るか、外食してほしい。明日の昼食も、自分で用意するか、コンビニで弁当でも買ってすませてほしい。

篤夫にそう頼むと、素直にうなずいた。物分かりはむしろいいほうなのだ。しかし、だからといって身体の辛さを我慢できるものではなかった。

和歌子の実家は、都内西部、練馬区大泉学園にある。両親はすでに他界しており、築三十五年を迎える木造二階建てには、八つ年下の独身の妹、慶子が一人で住んでいる。狭山市にある自宅からは、電車と徒歩で一時間ほどの距離だ。

昨日とはうってかわって空は薄曇りだった。気温もそれほど高くないので、徒歩で並木道を北上した。普段と比べて体調は断然いい。いつもは今時分から調子が悪くなるのに、今日はめまいも頭痛もしないし、気持ちも晴れやかだ。篤夫と距離を取った効果がすでに出始めたのだろうか。

途中、スーパーに寄って肉や野菜、オリーブオイル、アンチョビなどを買った。昼も夜も好物のイタリアンを作って慶子と一緒に食べる予定だ。

チャイムを鳴らすと、慶子がすぐにドアを開けてくれた。フレンチスリーブのTシャツにハーフパンツというラフな恰好だ。ヘアバンドで無理やりまとめた髪はぼさぼさで、目頭には目ヤニがついている。慶子は、中堅出版社で、女性向けの生活情報誌の編集をしている。昨夜も帰宅が遅かったのかもしれない。

「起こしちゃった？」

「起きたところ。それより、いきなり来られるのは困るんだけど」

「昨日の夜、留守電にメッセージを残したでしょ」

「前日じゃ遅すぎる」

「はいはい、すみませんね」

靴を脱いで家に上がると、ダイニングに向かった。慶子が後からついてくる。

「お姉ちゃんの部屋、さっき窓を開けて換気はしたけど掃除機はかけてないよ。布団も干してないから、湿っぽいかも」

「自分でやるから大丈夫。それより、用事があるなら、出かけていいよ」

「今日は暇だから」

「じゃあ、一緒にご飯を食べよう。あれこれ買ってきた。冷蔵庫、開けるよ」

がらんとした庫内に食材をしまっていると、慶子が言った。

「泊まりに来るの、お母さんの四十九日以来だよね。何か改まった話でもあるの？」

「改まった話ってわけでもないんだけど」

「この家を売りたいとか？」

和歌子は思わず振り返った。その発想はなかった。でも、家はともかく土地を売ったら、まとまったお金が手元に入る。篤夫と別れて暮らすには軍資金が必要だ。

「言われてみれば、そろそろ頃合いかもね。慶子も都心にマンションでも買ったほうが暮らしやすいよね」

「うーん、あまりその気はないかな。それより、何よ。家の話じゃないとすると……。徹ちゃんが結婚するとか？　それとも、もしかして熟年離婚とか？」

当たらずといえども遠からずである。曖昧に笑って肩をすくめた。

「お昼はパスタにしようと思うんだ。慶ちゃん、鴨のパストラミ、好きだったよね」

慶子は眉を寄せた。図星をついてしまったと気づいたようだ。しかし、この場で聞き出す必要もないと思ったのだろう。さりげなく調子を合わせてきた。

「水菜もあったよね。その組み合わせ、大好き」

「夜はイワシのパン粉焼きと、バーニャカウダ。バゲットとチーズも買ってきた」

「わざわざ作るの大変じゃない？　居酒屋にでも行こうよ。歩いて五分ぐらいのところにわりといい店があるんだ」

和歌子は首を横に振った。

「私が食べたいの。篤夫さん、年のせいか、ニンニクとオリーブオイルが苦手になってね」

「ふーん。じゃあ、手伝うよ。二人で一気に作って、だらだらとしゃべりながら食べない？　頂き物のワインもちょうどあるし」

昼から飲むなんて、いつ以来だろうと思いながら、和歌子は椅子の背にかけておいたトートバッグを手に取った。

両親との思い出などを語りつつ、オリーブオイルたっぷりの料理に舌鼓を打った。

慶子は料理の腕を格段に上げていた。目玉焼きさえ満足に作れなかったのに、イワシを手際よく手開きにしていくので驚いた。母が亡くなってからしばらくは、ほぼ百パーセント外食だったが、体重が激増したのを反省し、自分で作りはじめたところ、料理の楽しさに目覚めたのだとか。

二人でワイン一本を空けたところで、お開きにした。慶子は、リビングのソファでうたた寝を始めた。アルコール耐性は、昔から和歌子のほうが数段上だ。

音をなるべく立てないように、食器や鍋を片づける。この家にいたころ使っていた二階の六畳間に掃除機をかけ、食べ始める前にベランダに干した布団を取り込んだ。布団はそのまま畳に広げた。仰向けに寝転がり、天井を見上げる。

いつもなら今時分は、頭痛やめまいのピークだ。なのに、今日はその気配すらなかった。昨日までの不調が嘘みたいだ。

これではっきりした。夫源病で間違いない。

テレビの情報番組で仕入れた情報によると、根本的な解決策は、物理的に距離を置くしかないのだとか。実際、夫源病を公表している女性タレントは別居に踏み切った。身体が楽になるなら、一日も早く別居したい。この家に身を寄せるのが手っ取り早いだろう。

慶子が階段を上ってくる音が聞こえた。自分の部屋に行くのだろうと思っていたら、開けっ放しだったふすまから顔を出した。目が合うと慶子は言った。

「夕飯どうしようか」

和歌子は身体を起こし、布団の上に横座りをした。この家に転がり込むとすると、慶子に事情を知ってもらう必要があった。

「あるものを適当に食べようよ。それより、話があるんだけどいい？」

慶子は目を瞬いた。軽くうなずくと部屋に入り、畳に体育座りをする。和歌子は早速切り出した。

「夫源病って知ってる？　最近、テレビの情報番組で特集をしてたんだけどね。夫がストレスで体調が悪くなるんだって」

「最近、話題になってるね。昔は主人在宅ストレス症候群って言われてた」

さすが編集者だ。話が通じやすくて助かる。

「私、それにかかったみたいなんだ。篤夫さんが退職して家にいるようになってから、倦怠感や頭痛がひどくって」

「もしかして今日は」

和歌子はうなずいた。

「自分が夫源病かどうか確かめるために来たの。いつもは今頃、起き上がれないぐらい辛いのに、今日は全然大丈夫。夫源病で間違いないと思う。別居して距離を取るのが最善策なんだって。そういうわけで、私、しばらくこの家に住んでもいいかな。家事は引き受けるから。もちろん干渉もしない」

慶子は、和歌子の勢いに気圧されるように口をつぐんだ。しばらくの間、お尻を起点に身体を前後に揺すっていたが、動きを止めて和歌子をまっすぐ見た。

「別居って簡単に言うけど、離婚につながることも多いみたいだよ。そこまで考えてる？」

即座に首を横に振った。ずっと専業主婦をやってきた。この年で一人になるのは怖い。

「だったら、もっと穏便な方法を考えてみたら？」

「例えば？」

「一緒にいる時間が長すぎるのが問題なんでしょ。篤夫さんは、再就職とか考えてないの？」

「その気はないみたい」

「それなら、趣味のサークルに入ってもらうとか、ボランティアを始めるとか。篤夫さんが週に二、三日でも外に出る日を作ってくれたら、お姉ちゃん、楽になるんじゃないかな」

それも無理だ。篤夫がわざわざ人の輪に入っていくはずがない。

「じゃあ、発想を変えてお姉ちゃんが、働きに出るとか？」

「ワープロはともかく表計算ソフトとか使えないし、雇ってくれる会社なんかないよ」

慶子は、何か言いかけたが、諦めたようにため息をついた。

「ちなみに、篤夫さんのどういうところが気に障るわけ？」

「例えば、夕方何か飲もうとして冷蔵庫を開けるじゃない。それで、卵がないのに気がつくと、明日の朝の卵がないよって報告しにくるの」

慶子は眉を寄せ、身体を後ろに引いた。

「ごめん、それのどこがいけないのか分からない」

「卵を買いに行けってことでしょ。別に毎朝卵を食べなくてもいいじゃない」

一事が万事この調子なのだ。

――納豆のパックが生ごみ入れに入っている。

――使用済みのティッシュが床に落ちていた。

納豆を捨てたのは、うっかり賞味期限を切らしてしまったからだ。ティッシュをゴミ箱に入れ損ねることぐらい誰だってある。

なのにいちいち言い訳したり、謝ったりしなければならないというのか。冗談じゃない。

そう力説したが、慶子はピンとこないようだった。

「篤夫さんは見たままを口にしてるだけじゃないかな。お姉ちゃんが気にしすぎのような気がする。っていうか、そもそも篤夫さんって夫源病を引き起こすタイプじゃないと思う」

主人在宅ストレス症候群や、夫源病を引き起こすのは、支配的な性格の男性、端的に言うと、昭和の頑固おやじタイプだという。

「篤夫さんは、口下手だけど優しいじゃない」

「誕生日にプレゼントとかもらったことはないよ」

「そういう話じゃなくてさ。ご両親から地元に戻るように言われても、断ったんだよね。お姉ちゃんが、嫌がるから」

「結婚前からの約束だもの」

「お父さんの看病でお姉ちゃんが大変だったとき、篤夫さんが徹ちゃんのお弁当を作ってたよね。お姉ちゃんが友だちと海外旅行をするときも、文句ひとつ言わずに送り出したって聞いてる。お母さんも感心してたよ」

苛々(いらいら)してきた。篤夫をできた夫のように言うのは止めてくれ。

「慶子は何も分かってない。本当に辛いんだから。生きてるのが嫌になるぐらい、痛くてだるいの」

慶子は慌てたように首を振った。

「そこは疑ってない。そうじゃなくて、別の原因があるかもしれないって言いたいの」

「別の原因？」

「原因不明の体調不良って、わりと多いらしいよ。ウチの誌面で、去年特集を組んだんだけどね」

そうした人たちの何人かは、化学物質過敏症だったと慶子は言った。

「合成洗剤とか、柔軟剤、シロアリ駆除剤なんかに反応して、頭痛や倦怠感、めまい、呼吸困難なんかの症状が出るんだって。呼吸困難以外の症状は、お姉ちゃんとそっくりじゃない。一度診てもらったら？」

化学物質過敏症を診てくれる医療機関は少ないが、幸いにも近所にあるのだという。

「私がかかりつけにしてる保泉クリニック。この前行ったら、代替わりして女医さんが院長になってた。それを機に、特別外来を始めたんだって。不愛想だけど信用できそうな先生だったよ」

少し考えて首を横に振った。

「篤夫さんと離れただけで、こんなに体調がよくなるんだから、夫源病で間違いないよ」

「テレビの情報番組で言ってたことを鵜呑みにしないほうがいいよ」

再び頭に血が上った。

「私のこと、無知な主婦だと思ってバカにしてる？」

慶子は目を丸くしたかと思うと、ため息をついた。

「いちいち嚙みつかないでよ。っていうか、どうしたの？　お姉ちゃん、そういうキャラじゃないでしょう」

頭に上っていた血が、急速に下りていった。和歌子は目を閉じ、唇を嚙んだ。

確かに、最近の自分はどうかしている。和歌子は、元来楽天的な性格だ。良くも悪くも抜けている。いわゆる「スルー力」が高いと言われてきた。だからこそ篤夫とも、長年うまくやってこられた。

病が人を変えるというのは本当だ。和歌子の場合、病の原因が篤夫だから話がややこしいのだが……。

「ごめん。言い過ぎた」

頭を下げると、慶子が肩の力を抜くのが分かった。

「こっちこそ言葉がきつくてごめん。それより、今後についてだけど」

この家に住むのは構わないと慶子は言った。

「その代わりさっき言った保泉先生に診てもらって」

「必要ないよ」

「そうかもしれないけど、念のために。あと、家を出るには、もっともらしい理由が必要でしょ。篤夫さんに向かって、あなたが病気の原因だから出ていくとは言えないでしょう。そんなこと言ったら、さすがに篤夫さんも怒ると思うけど」

それはそうである。少なくとも、今はまだ離婚までは考えられないのだ。穏便に家を出るには、実家で静養しながら、近所にある評判のいいクリニックに通院するとでも言っておくのが無難だろう。

「分かった。じゃあ、そうする」

慶子はほっとしたようにうなずいた。

酔いはすっかり覚めていた。もともとほろ酔い程度だったのだ。和歌子は両手を畳につくと身体を起こした。

「ワイン、もう一本あったよね」

慶子が眉を上げる。

「まだ飲むつもり？　止めときなよ。体調、悪いんでしょ」

「今はすこぶる快調です」

自分でもびっくりするほど身体が軽かった。


翌日の午前中、狭山市の自宅にいったん戻った。いつものように自室で過ごしていた篤夫に事情を説明し、実家にしばらく滞在すると告げた。篤夫は怪訝な表情を浮かべたが反対もしなかったので、大泉学園にとんぼ返りした。

調べてみたところ、保泉クリニックの特別外来は、水曜の午後だそうだ。月曜の朝一番に予約の電話を入れた。夕方の時間帯なら空いていると言われ、早速申し込んだ。

その朝、慶子が出勤すると、和歌子は二階の両親の部屋で遺品整理を始めた。母が心臓発作で急死した翌年、慶子は一階をリフォームしてインテリアも一切合切入れ替えた。和歌子が使っていた和室のベッドや学習机も、和歌子が家を出る際に処分していた。

そのせいか、日曜までは両親の話をしていても、この家に二人の気配を感じることはなかったのだが、両親の寝室に入った途端に思い出があふれだしてきた。

父の身の回りの品は母が処分したようで、ほとんど見当たらなかったが、父のものと思しき万年筆と眼鏡は鎌倉彫の文箱に丁寧に収められていた。母が形見として取っておいたのだろう。せっかくなので、文箱ごと残すことにする。

母の私物は、生前とほぼ変わらない状態で置いてあった。たんすの引き出しを開け、服を一枚、また一枚と広げるたび、目頭が熱くなった。襟元に花柄の刺繍が入った夏物のワンピースは、父が亡くなった翌年、慶子と三人で行った熱海旅行で着ていたものだ。スマホの写真ファイルを確認したところ、確かにそうだった。鏡台の引き出しに入っていた鼈甲の髪留めには、接着剤で修理した形跡があった。母は手先が器用な人だった。

そんなふうにいちいち確認していたものだから、残すものと捨てるものを選り分けるのに丸二日間かかってしまった。次の週末に慶子に確認してもらってから、ゴミに出すつもりだ。

水曜は、慶子が「ほぼ開かずの間になってる」と言っていた階段脇の納戸の整理に取り掛かった。衣装ケースがいくつか積んであった。冬物衣類をここにしまっていたようだ。

えんじ色のコートのポケットから、くしゃくしゃのレシートが出てきた。ポケットの中身を確認せずに、洗濯してしまったのだろう。母は締まり屋だった。ダウンジャケットやウールのコートはともかく、化繊の上着は自宅で洗っていた。

レシートを広げると、近所の豆腐屋さんのものだった。和歌子はその店のおぼろ豆腐が大のお気に入りだった。帰省するたび、母はちゃんとそれを用意しておいてくれた。

懐かしさがこみ上げ、思わずコートを抱きしめた。母の匂いがするかと思ったのだが、防虫剤の刺激臭がしただけだった。

作業が一段落したのは昼過ぎだ。卵とネギだけのチャーハンを作って簡単に昼食を済ませると、ソファに寝そべってテレビの情報番組を見た。番組が終わると、そろそろ家を出る時間だった。

この数日、体調はとてもいい。夫源病と決まったも同然だった。診察を受けるまでもないと思う。予約をキャンセルしたかったが、そんなことをしたら慶子と口論になるに決まっている。

和歌子はのろのろと身体を起こした。この時間から身支度をして出かけるのは億劫だが、そういえばメイクはしないほうが望ましいのだった。特別外来には化学物質過敏症の患者が来る。患者が苦手な人工香料入りの商品の使用は控えてほしいと予約の時に言われた。ホームページで詳細をチェックするように言われたのでそうしたところ、洗濯用の柔軟剤や香りが強い合成洗剤、香水は厳禁。匂いのきつい化粧品、整髪剤、シャンプーやコンディショナー、ボディクリームなども控えてほしいという。

ずいぶん煩いことを言うと思ったが、特別外来はその手のものが苦手な人のための場所である。そこへ足を踏み入れるからには、指示に従うのが筋である。

予約の電話を入れたその日のうちに、香料不使用のシャンプーや固形石鹸、化粧水などを買い込んできて、それを使用している。メイクも止めた。生活に特段不便はない。むしろ、身支度の手間が減って楽になった。メイクが大好きだったり、素顔で人前に出るのは嫌だという人も世の中にはいるだろう。しかし和歌子の場合、単なる習慣だったようだ。これを機会に、止めてしまってもいいような気がしている。

洗面所の鏡の前で、水をつけた手で髪を軽く撫でつけた。日焼け止めを塗って眉だけ描くと、財布とスマホを斜めがけバッグに入れて、外に出た。

　保泉クリニックは、バス通り沿いのマンションの一階にあった。がらんとした待合室で問診表に記入をしていると、廊下の奥のほうから患者と思しき女性が出てきた。ほっそりとした身体にリネンのワンピースがよく似合っていた。マスクを二重にかけているのは、化学物質過敏症だからだろうか。

　女性は、待合室に入ってくると、一瞬棒立ちになった。泣きそうな目で和歌子をちらっと見ると、受付カウンターでスタッフに小声で何かを伝え、逃げるように表に出て行った。

　なぜ支払いをしないのだろう。しかも、さっきの視線。何か事情があるのだろうとは思うが、いい気はしなかった。

　セパレートタイプの半袖（はんそで）のユニフォームを着た小柄な男性が廊下の奥から現れた。たぶん看護師だ。年は、徹と同じぐらいだろうか。見とれてしまうほどの美形だった。

「松崎さん、診察室へどうぞ」

　笑顔もかんじがいい。なのに、声がややしわがれているのが、不釣り合いな印象だ。

「レンさん、ちょっといいですか？」

　受付の女性が看護師に声をかけた。レンと呼ばれた看護師は和歌子から問診表を受け取ると「どうぞ」と言うように廊下の奥を指し示した。

診察室に入った瞬間、ぎょっとした。デスクの前に座っている保泉と目が合ったのだ。

眉は八の字を描いており、額には深い皺が寄っている。初対面の相手になぜこんな顔をされなければならないのか。踵を返したくなったが、その前に保泉がさっと立ち上がった。座っているときには気づかなかったが、女性にしてはかなりの長身だ。

保泉は部屋の奥まで歩いていくと、窓を全開にした。振り返ると、目を細めて和歌子を見た。

「あなた、におうよ」

「えっ？」

着ていたシャツの鳩尾あたりをつまんで鼻に近づけた。ちょっと汗臭い。でも、そういう話ではないようだ。保泉は小鼻をひくつかせると、「ナフタレンかな」と言った。

「実家で遺品整理をしてたんです」

十秒ほどコートを抱えただけだが、においが移ったのだろう。

「帰ったほうがいいでしょうか」

後の患者の迷惑になってはいけないと思ったのだが、その必要はないと保泉は言った。

「今日はあなたで最後だから。まあ、座って」

和歌子はバッグを胸に抱え、丸椅子に座った。保泉も自分の席に戻った。軽いノックが聞こえたかと思うと、ドアで隔てられた隣室から、さっきの看護師が入ってきた。

「レン君、どうかした？」

「前の患者さんが心配だったので、追いかけて様子を見てきました」

それを聞いてようやく分かった。さっきの患者は、ナフタレンのにおいで気分が悪くなったのだ。申し訳なさと恥ずかしさで顔が赤くなった。

「すみません、私のせいですね」

レンは微笑むと首を横に振った。

「ご心配なく。もう大丈夫だそうです」

レンは和歌子が書いた問診表を保泉に渡すと、主の指示を待つ執事のように、壁際に立った。

保泉は問診表に視線を走らせながら尋ねた。

「で、今日はどうした」

ずいぶんざっくばらんな物言いだ。しかも、受診の経緯は今読んでいる問診表にしっかり書いてある。

戸惑っていると、三日月型の細い目が、まっすぐに見返してきた。

「えっと、あの……。そこにも書きましたが、頭痛や倦怠感が抜けないんです。めまいがすることもあって」

更年期障害の可能性があると言われ、婦人科で漢方薬を処方してもらっているが、一向によくなる気配はない。自分としては、夫源病を疑っていると説明する。

「症状が出始めたのは、夫が退職してからですし、先週末以降、実家に移ったら、体調がとてもよくなったんです」

「それはよかった。でも、だったらどうしてウチに来たの？」

「化学物質過敏症かもしれないと妹に言われました。調べてみたら、代表的な症状に当てはまるものが多いと自分でも思ったので」

「ああ、なるほど。ホームページのリストは見たよね。リストにある製品に反応したことは？」

「ありません」

柔軟剤、洗剤などのにおいで気分が悪くなった経験はないし、実家をリフォームしたときも、何の問題もなかった。

「ある日突然症状が出る人もいるけど、きっかけがある場合もあるんだ。症状が出始めた頃に、変わったことはなかった？　例えば、近所で新築工事が始まったとか」

和歌子は首を横に振った。

老人ホームが西隣に建ったが、工事は昨年中に終わっている。そもそも、西隣から、異臭がしたことはない。

その後も問診は続いたが、ピンとくるものは何一つなかった。やっぱり、化学物質過敏症ではなく、夫源病なのだ。保泉もそう考えたのだろう。突然話題を変えた。

「で、旦那さんのどういうところがストレスなの」

「細かいことをあれこれ言うんです」

具体例を話し始めると、止まらなくなった。

保泉は目を閉じ、ゆらゆらと身体を動かしていた。聞いているんだか、いないんだか分からない。同情のこもったまなざしで相槌を打ってくれるのは、むしろレンのほうだった。

「態度を改めるように何度も頼みました。なのに、暖簾に腕押しって言うんでしょうか。まったく効果がなくて。もう別居しかないと思って、実家に戻ってきたんです」

保泉は思案するように首を傾けると、耳たぶをいじり始めた。なんとも、じれったい。

「先生、私、夫源病ですよね？」

保泉がようやく目を開けた。組んでいた脚の上下を入れ替え、細かくうなずく。

「今のでやっと分かった。あなた、医者のお墨付きがほしいんだね」

「えっ？」

「診断書でも突きつければ、旦那さんが態度を改めるかもしれない。そう思ってるんでしょ。別居するにしても、お墨付きがあったほうが、話は早いしね」

違う。そんなつもりはないし、策士みたいに言われるのは、心外だ。

ただ、お墨付きをもらえれば役に立ちそうではある。篤夫は人の気持ちには無頓着だが、専門家の意見や数字、データは尊重する人間だ。

和歌子は、おずおずと切り出した。

「診断書って書いてもらえますか？」

「それは無理。夫源病は正式な病名でもないしね」

レンが口を開いた。

「次回、ご主人と一緒に来院してもらったらどうでしょう。僕らが立ち会ったら、ご主人も松崎さんの話を真剣に聞くんじゃないかな」

レンは、「いいアイデアでしょう」と言わんばかりに目くばせを送ってきたが、和歌子には困惑しかなかった。どう考えても医者の仕事ではない。看護師の仕事とも思えなかった。

保泉も和歌子と同意見のようだ。デスクの端に両手をかけ、天井を仰いだ。椅子の背もたれで、首をぐりぐりとマッサージし始める。やがて姿勢を戻すと、保泉は言った。

「提案があるんだ。二人で旅行に行ってみたら？　そうしたら、自宅にある何かに反応して症状が出ているのか、旦那さんとの関係に問題があるのか、はっきりするでしょ」

理屈は分かる。でも、旅行なんて論外だ。篤夫と二十四時間一緒にいるなんて耐えられない。

保泉は続けた。

「自宅に問題がありそうなら、具体的な原因を探ってみよう。旦那さんとの関係に問題があって症状が出ているのなら、心療内科の受診を考えてみたらいいかもしれない」

レンが続けた。

「二人でゆっくり話し合うのもいいんじゃないですか？　温泉に入っておいしいものを食べながら話したら、きっと分かってくれますよ」

「どう？」

保泉が顔を覗き込んできた。

まったく気は進まない。でも、体調不良の原因を突き止められるなら、行くしかなさそうだ。

狭山市の自宅から熱海まで、休憩を含めて五時間近くのドライブだった。通常は三時間程度で着くようだが、今日は運が悪かった。圏央道でトラックが乗用車に追突する事故が発生し、大渋滞に巻き込まれてしまったのだ。

保泉クリニックを受診した翌日、篤夫に電話をかけて温泉旅行に誘った。化学物質過敏症かどうかは、はっきりしない。定期的に通院してみようと思うが、たまには気分転換をしたいから、付き合ってほしいと頼んだ。篤夫は二つ返事でオーケーしてくれた。

二人とも特に予定があるわけでもないので、三日後に出発することになった。和歌子はその前夜、自宅に戻った。

交通手段をどうするか迷った。自家用車で行くのが楽だが、篤夫と二人きりで長時間過ごすのは、いろんな意味で心配だった。しかし、いざ出発してみると、体調に問題はなかった。むしろ、自宅にいるときよりいいぐらいだ。会話は途切れがちだったが、いつものことなので、気まずくもならなかった。

篤夫が疲れたというので、途中で立ち寄るつもりだった伊豆山神社はパスしてまっすぐ宿泊先に向かった。到着したのは、ちょうど三時。チェックインが始まる時間だ。

相模湾を見下ろす高台にあるこの観光ホテルを訪れるのは、八年ぶりだった。父が亡くなった翌年、一周忌の法要を終えたのを機に、母と慶子の三人で来た。

いわゆる高級宿ではないが、建物裏の山に面した大浴場に何とも言えない風情があ

ムにしてみた。前回は三人だったので本館の和室を取ったが、今回は洋式の別館のツインルー
った。

部屋に一歩入るなり、この部屋にして正解だったと思った。壁や家具、リネン類などが見るからに新しく、部屋全体から清潔なにおいがする。もっとも、においについては和歌子がそう感じるというだけで、過敏症の人には不快なだけかもしれない。

篤夫は、二人分の衣類などを詰めたキャリーバッグをバゲージラックに置くと、腰を叩きながら、窓際に歩み寄った。レースのカーテンを全開にすると彼にしては弾んだ声を上げた。

「絶景だね」

ひじ掛け付きの椅子に座ると、気持ちよさそうに伸びをする。

和歌子は羽織っていた薄手のカーディガンをクローゼットのハンガーにかけた。窓に歩み寄り、眼下を見下ろす。波頭が午後の日差しを反射して光っている。沖合に初島が見えた。その先の青い影は大島の島影だろう。

高台から海までのわずかな土地には、灰色の建物が所狭しと建っていた。八年前、人里から離れたひなびた温泉よりも、こういう場所が好きなのだと母が言っていた。たぶん自分もそうだ。

ベッドサイドのテーブルのデジタル時計を見た。三時二十分。体調は悪くない。絶

景を目にしたこともあり、むしろ爽快な気分だ。

ただ、夫源病ではないと決まったわけではない。旅は非日常だ。気持ちが高ぶっているから、症状が出ていないだけという可能性がある。

「お風呂に行く？」

「一休みしてから」

篤夫は椅子から腰を上げ、冷蔵庫を開けた。中腰で中をのぞき込むと、そのままの体勢で首だけ回して和歌子を見た。

「お茶も水も入ってないよ」

爽快な気分は消し飛んだ。思わず顔が歪む。

――こんなところに来てまでも、細かいことを指摘し続けるなんて。

篤夫に背を向けると、無言でベッドの端に腰を下ろした。きっとまたあの不快な症状が始まる。

ぎゅっと目を閉じたが、次の瞬間気づいた。

冷蔵庫に飲み物が入っていないのは、どう考えても和歌子の落ち度ではない。篤夫が和歌子を責めているはずはなかった。

深呼吸をすると、振り返って篤夫を見た。篤夫はキョトンとした表情で首をかしげている。和歌子は思い切って言ってみた。

「エレベーターの手前の給湯室に、自動販売機があったけど」

篤夫は冷蔵庫を閉め、腰を伸ばした。

「そうか。じゃあ、買ってくる。何かいる？」

責められていたわけではなかったのだ。

――篤夫さんは見たままを口に出しているだけ。

慶子がそんなことを言っていた。そんなはずはないと思っていたが、実際にそうなのかもしれない。目から鱗が落ちた気分だ。

和歌子は篤夫を見上げた。三十年連れ添い、苦楽を共にした夫がそこにいた。

「麦茶をお願い」

篤夫はうなずくと部屋を出て行った。

和歌子は勢いをつけてベッドにひっくり返った。

篤夫ではなく、自分の受け止め方にも問題があったのかもしれない。篤夫の言葉を深読みしすぎて不愉快になり、その結果、イライラを募らせていた。それが原因で体調不良に陥った可能性は十分ありそうだ。だとしたらとんだ独り相撲だし、篤夫の側に立ってみると理不尽な話である。

とはいえ、篤夫が変わってくれなければ、問題は解決しないとも思う。これからの一生、朝から晩まで細かいことを指摘され続けるとしたら、一緒に暮らし続ける自信がない。

ただ、諦めるのはまだ早い。諦めたくなかった。これまでは、篤夫を責めるばかりだった。自分にも非があるかもしれないと認め、その上で篤夫に態度を変えるよう頼んでみよう。さっき、篤夫の顔を見たときに分かった。体調をなんとかしたいだけで、別れたいわけではないのだ。

篤夫が飲み物を何本か抱えて戻ってきた。

この際、思いの丈をぶつけてみよう。鉄は熱いうちに打てと言うではないか。結果が気まずいものになったら、せっかくの夕食が台無しになるが、お酒を飲みながらするような話ではない。アルコールが入ったら、ストレートに篤夫を責めてしまいそうだ。そうしたら、また適当に受け流される。

和歌子は窓際の椅子に移動した。ペットボトルを受け取りながら、篤夫に声をかける。

「話があるんだけどいい？」

自分でも顔がこわばっているのが分かる。篤夫は少し驚いたようだったが、素直にうなずいた。

ペットボトルの麦茶は、すっかり空になっていた。窓の外は夕闇に包まれている。

篤夫は立ち上がりレースのカーテンを閉めると、ため息をついた。頭を下げながらボソボソとした声で言う。

「そこまで思い詰めているなんて知らなかった。態度を改めるよう、努力してみる」

和歌子はうつむいた。張りつめていたものがほどけ、目頭が熱くなってくる。

よかった。伝わったみたいだ。ほっとしたら、おなかがすいてきた。

「夕食まで、まだ時間があるね」

「風呂にでも行くか」

「本館の大浴場にしようか。ヒノキ造りでいい雰囲気なんだ」

「そこまでの時間はないんじゃないか？　この建物の最上階にある風呂でいいよ」

「でも、せっかくだから」

「じゃあ、そうするか」

クローゼットの中にある引き出しから浴衣（ゆかた）とタオルを取り出すと、二人で部屋を出た。

まずは別館のエレベーターで二階まで降りた。混み合う時間帯のようで、エレベーターが来るまでに予想外に時間がかかった。渡り廊下を通って本館に入る。そこからは階段で一階まで降りた。

チェックインカウンターの脇を抜けて、ベージュのカーペットが敷かれたなだらかなスロープを下り始める。隣を歩いている篤夫がぼそっと言った。

「遠いな。鳥の行水ですませないと、夕飯に間に合わない」

また始まった。態度を改めるとさっき言ったばかりなのに。頰がひきつるのが自分で分かる。

篤夫は事実を述べているだけだ。そう思おうとしたが、うまくいかなかった。

胸がザワザワした。次の瞬間、こめかみに痛みが走った。和歌子はその場で足を止めた。視界が揺れている。胸が圧迫されるようだ。泣きたい気持ちで壁に身体を預ける。

人は簡単には変わらない。そして篤夫が変わらない限り、この苦しみは永遠に続くのだ。

篤夫が振り返った。和歌子が隣にいないのにようやく気づいたようだ。驚いたように目を見開くと、小走りに近づいてきた。

「具合、悪いの？」

和歌子の背中に手を当て、心配そうに顔をのぞき込む。和歌子はうつむいたまま、何度も首を横に振った。

近づかないで。話しかけないで。もっと具合が悪くなる。

「大丈夫。お風呂に行ってきて」

「そんなわけにはいかないよ。部屋に戻ろう」

肩に回された篤夫の手を振り払う。驚いたように目を瞬く篤夫に向かって低い声で言った。

「一人になりたいの。私、夫源病だから」

「フゲンビョウ?」

「夫が原因で具合が悪くなる病気。あんなに頼んだのに、またすぐ小言? もう耐えられない。あなたにあれこれ言われるのが、本当にストレスなの」

自分のものではないように声が震えていた。でも、もうどうにでもなれという気持ちだ。

篤夫は首をかしげ、浅い呼吸を繰り返している。

めまいがいよいよ強くなってきた。錐で突き刺されているような痛みが、こめかみに走る。全身がだるい。このまま、床に寝そべりたいぐらいだ。

そのとき、大浴場のほうから足音がした。着物姿の従業員が駆け寄ってくる。かなり年配に見えるが、驚くほど素早い動きだった。

「大丈夫ですか?」

「急に頭痛とめまいが……」

従業員の目に緊張が走る。

「お部屋までお送りします。様子を見て、お医者さんも呼びましょう。お連れ様もお部屋に戻られますよね？」

篤夫は、少し迷うそぶりを見せたが、うなずいた。

篤夫には来てほしくない。でも、その理由を従業員に説明するのは億劫だ。それより、一刻でも早く横になりたかった。

和歌子は、従業員と篤夫に両脇から抱えられるようにして部屋に戻った。


翌朝、目覚めると、隣のベッドに篤夫はいなかった。昨夜、従業員が引き上げた後、しばらくスマートフォンをいじっていたが、夫源病のなんたるかを理解したのだろう。顔を引きつらせながら、「ゆっくり休んで」と言って、部屋を出て行った。

申し訳ないとは思ったが、おかげでぐっすり眠れたし、体調はすっかりよくなった。

枕元に置いてあったスマホを手に取り、時刻を確認する。六時を回ったところだ。

篤夫からメッセージが入っていた。何時でもいいので、起きたら連絡するようにとあった。

電話をかけると、ワンコールで篤夫は出た。

「具合はどう？」

「たぶんもう大丈夫」

頭痛もめまいも消えている。倦怠感は多少残っているが、立っていられないほどだるいわけではない。

「あなたは今、どこ？」

「大浴場を出たところにある休憩室」

このホテルの大浴場は、二十四時間利用できる。休憩室も一晩中開いていたそうだ。

夕食を取った後、大浴場と休憩室を往復していたと篤夫は言った。

「休憩室のマッサージチェアで休んでた。それはいいんだけど、気になることがあってね」

本館の大浴場に来てほしいと、篤夫は言った。

「昨日倒れた場所あたりまで。僕は休憩室にいるから」

顔を合わせる必要はないということか。

「でも、なんで？」

「いいから来て」

篤夫にしては強引だ。病気の原因呼ばわりしたうえ、休憩室で一晩過ごさせてしまった後ろめたさもある。ここは、彼の言葉に従おう。

「顔を洗って着替えてからでいい？」

「もちろん。あと、気持ち悪くなったら、すぐ部屋に戻っていいからね」

そう言うと、篤夫は電話を切った。

顔を洗い、ざっと髪を整えてから着替えると、和歌子は部屋を出た。

朝食の時間には早いが、朝風呂(あさぶろ)を楽しむ人が多いのだろう。エレベーターにも廊下にも、それなりに人がいた。

昨日と同じルートで本館まで行き、大浴場へ続くスロープを下りようとしたときだ。嫌なかんじがした。頭痛が少しする。気のせいかと思ったが、視界も揺れているようだ。

和歌子は、即座に踵(きびす)を返した。

スロープを早足で上り、別館への渡り廊下を歩き出す。心臓はドキドキしているが、頭痛やめまいがひどくなりそうなかんじはなかった。

エレベーターの中で考えた。

昨日と同じ場所で、まったく同じように具合が悪くなるなんて。化学物質過敏症ではないと思っていたが、やっぱり何かに反応しているのだろうか。

部屋に戻り、グラス一杯の水を飲んだ。窓からの絶景を眺めていると、動悸(どうき)も収まってきた。頭痛が少しするが、もう大丈夫だ。椅子に座ると、スマホに着信があった。通話ボタンを押すと、篤夫が興奮した声で言った。

「症状が出たんだね?」

「うん。あの場所に何か問題があるのは確実だと思う。すぐに引き返したのがよかったみたいで、もう大丈夫そうだけど」

それにしても、あの場所に何があるというのだろう。最近リフォームでもしたのだろうか。壁紙なんかに含まれる化学物質が症状を引き起こすことがあると保泉は言っていた。

すると、篤夫は意外なことを言い出した。

「ボイラーに問題があるのかもしれない」

風呂のお湯を温める機械だ。そんなものが体調不良の原因だと言われても、ピンと来なかった。篤夫が説明を始めた。

昨夜、休憩室で寛いでいたところ、部屋の一角で足つぼマッサージを受けていた高齢の女性が、「ボーっという音がずっとしていて不快だ。頭痛がしてきた」と言って、施術を途中で切り上げたそうだ。

「ちょっとびっくりした。僕はそんな音、まったく気にならなかったから」

マッサージ師と話をしたところ、その女性が気にしていたのは、おそらくボイラーの運転音だという。そのあたりの真下の地下室にボイラーが設置されており、時々煩がる人がいるのだそうだ。

「全員ではないというのが気になって、ちょっと調べてみたんだ」

人が聞き取れる音の周波数は、二十ヘルツから二万ヘルツ。そのうち、百ヘルツ以下の音は、低周波音と呼ばれている。船やバスのエンジン音などが代表例だ。周波数が二十ヘルツよりさらに低い超低周波音になると、人の耳には、ほとんど聞き取れない。

とはいえ、人は機械ではない。聴覚の鋭さは個人個人で異なる。特に低周波音以下の領域でその傾向は顕著である。

「僕には聞こえなかったボイラーの音が、別の人には聞こえていても不思議ではないんだ。しかも、それが頭痛やめまいの原因になる場合があるそうだ」

その女性については、そうなのだろう。でも、自分は違うと思った。

「私は昨日も今日も何も聞こえなかった。家にいるときも、不快な音なんて聞こえたことないよ」

「聞こえないからといって、何も存在しないわけじゃないんだ」

例えば、猫を撃退する超音波発生装置から音は聞こえない。人間の耳に聞き取れないだけで、超音波自体は存在している。「聞こえない音」というものが、世の中にはあるのだ。

「和歌子は、その影響を受けているのかもしれない」

「そんなことってあるのかな。ちょっと信じられない」

「症状が始まったのは、僕が退職してからだ。ちょうどその頃、隣の老人ホームへの入居が始まったよね」

　そう言われてはっとした。確かに、時期的にはドンピシャだ。篤夫は続けた。

　老人ホームには、大きな浴槽があるはずだ。大型の給湯器、ボイラーなどが設置されている可能性も高い。

「空調設備なんかも、一般家庭より大型だと思う。そういうものが低周波音以下の音を出している可能性があるんじゃないかな。帰ったら調べてみよう」

「でも、どうやって？」

　低周波音や超低周波音による「騒音」は、最近あちこちで問題になっている。「聞こえない音」を測定してくれる業者もいるようだと篤夫は言った。

「明日、早速電話してみる」

　和歌子はスマートフォンを握りしめたまま、何度もうなずいた。

　聞こえない音とやらが原因かどうか、半信半疑だった。でも、嬉しかった。篤夫がこんなに頼りになるなんて、思ってもみなかった。さすが元技術者だ。

「ありがとう。本当にありがとう。あと、ごめんね。夫源病だなんて言っちゃって」

「ああ、それ。調べたら、正式な病名じゃないな」

　だからどうした。でも、そんなことはどうでもいい。

　部屋のドアをノックする音が聞こえた。

「おーい。鍵、開けて」

篤夫の声がする。和歌子はドアに走った。


終戦の日の昼前、和歌子は大泉学園の駅に降り立った。暑いので今日はバスを利用することにする。今日からしばらくの間、実家で暮らす予定である。篤夫もそうするようにと勧めてくれた。

温泉から戻った翌日、篤夫が手配した専門業者が自宅に来て、音の周波数と大きさを測定する機材を設置した。三日間測定を行い、結果を分析してもらったところ、中心周波数が十八ヘルツ前後の超低周波音が屋内外で検出された。音が西側からやってくることも分かった。老人ホームが発生源とみて間違いなかった。

原因が分かったのだから、対策をしてもらえれば、一件落着だ。そう思ったのだが、とんでもなかった。低周波音の騒音は、一筋縄ではいかないのだ。

一般の騒音の場合は、規制がある。音の大きさが基準値を上回ったら、発生側は対策を求められる。ところが、低周波音や超低周波音にそのような基準は存在しない。低周波音の感受性は個人差が大きいため、明確な基準が作れないのだとか。

代わりに設定されているのが「参照値」だ。「多くの人が許容できないと感じる値」という、なんとも曖昧なものだが、それでも測定値が参照値を上回っていれば、良心的な事業者はなんらかの対応をしてくれる場合が多いという。

ところが、今回検出された超低周波音は、最大の時でもギリギリ参照値の範囲内だった。老人ホーム側としては、自分たちに落ち度はないというスタンスだ。むしろ、和歌子のことを厄介なクレーマーだと思っているのが手に取るように分かる。

弁護士も交えて、今後の対応を考えることになった。ただ、自宅にいると身体がきついので、とりあえず、実家に避難することになったのだ。

この先どうなるのだろうと思いながら、吊革につかまっていると、ふいに肩を叩かれた。

振り向くと同時に、小さく飛び上がった。仏頂面が見下ろしていた。今日は診察着ではなく、リネンの開襟シャツに黒いワイドパンツをはいている。

「どうしてあれきり来ないの」

「すみません……」

連絡もしていなかった。あれこれ忙しく余裕がなかったのは確かだが、礼儀に欠いていた。

「で、旅行には行ったの？」

「ええ、まあ」

今の状況を一言では説明できない。人目が気になりすぎる。

車内アナウンスが、次に停車する停留所の名を告げた。保泉が停車ボタンを押した。

クリニックに最寄りの停留所なのだろう。

「時間ある？　あったらクリニックに寄って。書類整理に来たんだけど、急ぐ仕事でもないから話を聞くよ」

有無を言わせない口調だった。上から見下ろしてくる視線の圧も強い。

ずいぶん強引だなあと思ったが、温泉旅行に行かなければ、低周波音の影響を受けているなんて分からなかった。保泉は恩人と言えなくもなかった。

「はい。お願いします」

保泉は当然だと言うようにうなずいた。


クリニックに着くと保泉は自分で鍵を開けて中に入った。診察室よりさらに奥にある部屋に和歌子を連れて行く。

患者やその家族、あるいは出入りの業者と面談するための部屋のようだった。中央に六人掛けのテーブルがあり、壁際にホワイトボードが設置されている。部屋の隅にあるフェイクグリーンの葉が、妙にテカテカしている。

保泉はエアコンをつけるといったん部屋を出た。ペットボトルのお茶を二本持って戻ると、それをテーブルに置き、和歌子の正面の席にどさっと座った。

「で、あれからどうした」

「えっと、長くなりますけど」

保泉は腕組みをすると、顎をくいと動かした。さっさと話せと言いたいようだ。

熱海の観光ホテルの大浴場に向かう途中での出来事から説明する。はじめはそっくり返るようにして聞いていた保泉だが、篤夫がボイラーが発生する低周波音が原因ではないかと言い出したところまで話すと、中座してノートとペンを持ってきた。

「続けて」

お茶を一口飲むと、最後まで話をした。

「そういうわけで、原因はたぶん分かったんですが、そこで行き詰ってしまって」

保泉は深くうなずき、ノートを閉じた。そして、いきなり頭を下げた。

「申し訳なかった」

低周波音に敏感な人がいるのは知識としては知っていたが、そういう人を診た経験がないこともあり、低周波音が原因とは疑ってもみなかった。化学物質過敏症ではなさそうなので、心療内科の領域だろうと思っていた。

「医者が心理的な問題だって決めつけたら、患者は気持ちの持っていき場がないよね。それは十分理解していたつもりなんだけど、私もまだまだだね」

温かな気持ちが和歌子の胸に広がった。不調の原因を突き止められなかった他の医者たちは、誰もこんなふうに言ってはくれなかった。

保泉は悔しそうだった。舌打ちでも始めそうな顔つきだ。

「先生、気にしないでください」

寄り添ってもらえて自分は救われた。

それに夫が原因、つまり心理的なストレスが原因だと決めつけていたのは、むしろ自分のほうだ。

どう対応したものかと思っていると、保泉が真顔に戻った。

「で、これからどうするの」

「弁護士と相談します」

ホームと交渉して音の発生源と思われる機械の稼動時間と和歌子の体調の変化に関係があるか調べさせてもらうつもりだ。

でも、どうにもならないかもしれない。大半の人がなんともない低周波音に過剰に反応してしまう自分にも非があるのだ。

「相手側からしてみれば、私はクレーマーかもしれないなって」

心情を吐露すると、保泉は眉(まゆ)を八の字にした。

「そんなふうに考えちゃいけない」

いつになく声に怒気がこもっていた。

「カナリアって知ってる？」

「炭鉱のカナリア」

「でも……」

昔、炭鉱に入るとき、先頭に立つ作業員はカナリアが入った籠を掲げていた。カナリアは有毒ガスに対して、人間の何倍もの感受性を持つ。カナリアが鳴かなくなったら、危険が迫っているサインだ。

カナリアの声に耳を傾けなければ、次に被害にあうのは違う誰か、もしかしたら自分かもしれない。

「あなたはありのままを話せばいい。協力できることがあればするよ」

和歌子は唾を飲み込んだ。うつむき、唇を嚙み締める。

少し気が楽になった。理不尽なクレームを入れるんじゃない。事実を訴えるのだ。それによって将来誰かが救われるかもしれない。そう思ったら、勇気が湧いてくるようだった。自分には篤夫という味方もいる。

顔を上げると、保泉と目が合った。いいことを言ったくせに、相変わらずの仏頂面だった。

3　章

世間でいうところの盆休みが終盤に差し掛かった。開け放った浴室の窓から、昨日までとは違う風が入ってくる。

ここ瀬戸内地方では、今時分から季節が変わり始めるのか。それとも今年は秋の訪れが例年より早いのか。今から二十五年前の十七歳のときに、この地を離れた真渕健太には分からない。

湯に身体を沈めて体育座りをすると、赤銅色の腕を生白い膝小僧に載せた。同じ人間の身体とは思えないほどの色の違いである。赤銅色の部分は、昨年末にこっちに戻って来てからの自分だ。家業の稲作とニンニク栽培の手伝いをしているうちに、こんな色になった。生白い部分は、昨年までの自分だ。代々木にあるイタリアンバル、「リベルタ」のオープンキッチンで一日の大半を過ごしており、日焼けとは無縁だった。

変わったのは、皮膚の色ばかりではない。八十キロ近かった体重は、五十キロ台まで落ちた。短かった髪は肩の下まで伸びた。最近は後ろで一つに結んでいる。顔そのものも変わった。東京にいた頃の知り合いに会っても、気づかれないだろう。

浴室から出ると、バッタのような色のバスタオルで身体を拭いた。去年の暮れ、この家に出戻ってきた日に弟嫁の美鈴に渡されたものだ。当初は深緑色で、厚みも倍ぐらいあった。そろそろ新しいものに交換したかったが、美鈴に頼むべきなのか、自分で買ってくるべきなのか分からずに、そのままになっている。

使い終えたタオルを洗濯機に放り込み、Tシャツと短パンを身に着けていると、台所のほうからリズミカルな包丁の音が聞こえてきた。揚げ油の匂いも漂ってくる。それで思い出した。夕食作りを担当している美鈴は、二人目を妊娠した報告をするとかで、長男の巧を連れて隣町の実家に帰っている。泊まりがけだと言っていたから、台所に立っているのは母だ。

美鈴は冷ややっこや野菜スティックなど、味が薄い食べ物を必ず用意してくれるが、母は違った。健太の好物だった鶏の唐揚げやオニオンフライを大量に作って食卓に並べ、食べろ、食べろとうるさいのだ。断ると、母は悲しそうにため息をつく。そのたびに気が滅入ってしょうがなかった。体調が悪いと方便を使い、夕食をパスしようと思いながら、二階の自室に向かった。

健太は味覚障害である。昨年の今頃、突如として発症した。味覚障害の症状は人それぞれだが、健太の場合、塩味、甘味、苦味などを通常の何倍も強く感じる。簡単に言えば、何を食べても、我慢できないほどまずい。どうやら、舌が尋常ではないほど鋭敏になってしまったようだった。かなり珍しい症例のようだ。内科医である妻の則子の紹介で何人もの専門医に診てもらったが、原因は不明。薬も効かず、様子を見るほかないと言われた。

店を臨時休業にして一か月間様子をみたが、味覚は戻らなかった。味覚がめちゃくちゃでは、客に出す料理などとても作れない。開店二周年を迎えたばかりのバルは手放すほかなかった。

そこまでは、不運だったと諦めもつく。しかし、その先がいけなかった。借金を返そうと焦った挙句、愚かな投資話に乗ってしまった。親戚から金を借り、窮地を救ってくれたのは則子である。しかし、ほっとしたのも束の間だった。則子が金を借りるために不本意な転職をしたと知ったとき、何もかもが嫌になった。

逃げるように実家に戻っておよそ八か月半。味覚障害は相変わらずだが、東京にいたころの絶望感はいくぶん和らいだ。たぶん薄れたのではなく、慣れたのだろう。

二階にある自室に上がった。かつての子ども部屋で近年はガラクタ置き場になっていた小さな洋室だ。この家に帰ってきた翌日、中身をそっくり納屋に移し、布団と洋服ハンガーを持ち込んだ。

畳に腰を下ろし、積んである布団にもたれかかる。スマホで高校野球の結果を確認しながら、汗が引くのを待った。昨日、隣町の商業高校がベストエイトに勝ち進んだ。次の対戦相手が気になる。

対戦相手の戦績や投手の成績をチェックしたところ、勝てる可能性が高そうだった。楽しみだと思いながらスマホを置くと、階段を上る足音が聞こえた。ふすまの向こう側から雄二（ゆうじ）が呼んだ。

「兄ちゃん、飯できたって」

「俺はいい。調子が悪いんだ」

ふすまが開き、雄二が赤銅色の顔をのぞかせる。

「風邪でも引いたか？」

「さあ」

雄二は無精ひげに覆われた顎（あご）を撫（な）でた。

「お母ちゃんが、食え、食えて言うのが鬱陶（うっとう）しいんやろ。今日もぎょうさん鶏を揚げてたわ」

図星をさされ、苦笑した。そこまで分かっているなら、話は早い。

「悪いけど、適当に言っといて」

「飯抜きは身体に悪いで。酒も買（こ）うてきたし、一緒に飲もうや。ウォッカをソーダやミネラルウォーターで割ったのなら、嫌な味がせんのやろ？」

「でも、うまくもないから」

雄二は焦れたように舌打ちをした。

「飲み食いせんでもええ。降りてきてほしいんや」

今後について話がしたいと雄二は言った。

「美鈴らはおらんほうがええと思って実家にやった」

健太は背中を布団から起こした。美鈴が実家に泊まりがけで行ったのは、そういうわけがあったのか。

胡坐をかき、白い膝に手を載せた。今後のことなど、何一つ決めていない。気が進まなかったが、そこまでお膳立てをされては、断れない。

「分かった。汗が引いたら行く」

雄二は、ほっとしたようにうなずいた。

「お母ちゃんには、無理強いはあかんって言うとくわ」

階段を降りていく雄二の足音を聞きながら目を閉じた。


キッチンと一続きになっているダイニングのテーブルには、鶏の唐揚げとオニオンフライを山盛りにした大皿が載っていた。雄二はそれらをつまみにビールを飲み始めている。

　シンクで鍋を洗っていた母が振り向いた。前髪が汗で額に張りついている。白い前掛けで手を拭きながら、母は目を細めて健太を見上げた。

「雄二に叱られたわ。兄ちゃんに味の濃いもん出すなって。頭では分かってるんやけどな。堪忍やで」

「こっちこそ、ごめん。でも、前よりは食べられるようになってきてる。っていうか、慣れたんだな。味の薄いものを騙し騙し食べればなんとかなる」

「お豆腐出すけど、ほかに何かいるか？」

「キュウリ。あと、ナスがあったら焼きナスかな」

「お安い御用や」

　冷蔵庫に向かおうとする母を制した。

「自分でやる。お母ちゃんは先に食べてて。揚げ物は、温かいほうがうまいだろ」

「ほな、頼もうか。あんたのほうが上手やしな」

　前掛けの裾で額の汗を拭うと、母は椅子にどっかりと腰を下ろした。雄二が注いだビールを美味そうに飲み始める。母はかなりいける口である。こっちに戻ってきて初めて知った。父が存命中は遠慮もあって、控えていたのだろう。

　二人が親戚の噂話をするのを背中で聞きながら、冷蔵庫からキュウリとナスを三本ずつ取り出し、まな板に載せた。包丁を握るのは、ずいぶん久しぶりだ。ナスの下端を切り落とし、ガクの周りに切り込みを入れて、グリルに放り込んだ。キュウリはスティック状に切って皿に盛り、雄二と母のために味噌(みそ)を添えた。

焼けたナスは冷水に取って皮をむき、八つに裂く。二本分には鰹節(かつおぶし)と青ネギ、おろし生姜(しょうが)を載せ、一本分だけ別皿に取り分ける。冷蔵庫から出した豆腐は三等分して、小鉢に入れた。

作ったものをすべて出し終えて食卓につくと、雄二が不器用な手つきでウォッカソーダを作ってくれた。氷がたっぷり入っている。せっかくなので、一杯だけ付き合うことにする。

「とりあえず乾杯するか」

雄二の音頭で三人でグラスを合わせた。ウォッカソーダを恐る恐る口に入れてみる。嫌な味はしなかった。ほっとしながらキュウリをつまんでいると、母が雄二に目くばせをした。雄二は軽く咳(せき)ばらいをした。

「兄ちゃん、来週あたり東京に行ってきたらどや」

「いいよ」

「そう言わんと」

ニンニクの植え付け準備は終わった。稲刈りにはまだ少し間がある。行くなら、今がベストのタイミングだという。

「でも、用事もないし」

母が呆(あき)れたようにため息をついた。

「則子さん、どないするん」

「前に話しただろ。当分このままでいいんだ」

則子は定期的に連絡をしてくる。五月の連休にはわざわざ迎えに来たのを母に無理を言って追い返してもらった。

健太にやり直す気はないが、則子は健太が作った千五百万円の借金を立て替えてくれた。親族に金を借りるため、不本意な転職まで強いられたのだ。あの金を返す目途がつくまでは、健太のほうから、ハイ、サヨウナラというわけにはいかない。

母は音を立てて箸(はし)を置くと、いつもの愚痴を始めた。

「最初から無理があったんや。高校中退の料理人と女医さんでは釣り合わん。それにあの仏頂面はなんや。あんな辛気臭い顔を見よったら、治る病気も……」

「その話は聞き飽きたわ」

健太の前に、雄二が強い口調で母をさえぎった。雄二は健太に向き直ると言った。

「兄ちゃんの気持ちはよう分かる。ただ、ずっとこのままちゅうわけにもいかんやろ。それで考えたんやけど、兄ちゃんが則子さんに立て替えてもらった金な。あれ、こっちでどうにかするわ」

あまりにも唐突な提案だ。困惑していると、雄二は続けた。

「別れるにしても、よりを戻すにしても、金の問題はすっきりさせたほうがええ」

母がしきりにうなずいているところをみると、二人の間で話し合いは済んでいるようだ。

「簡単に言うなよ。千五百万だぞ」

「分かってる。一度に返すんは無理やけど」

母の手元には父の死亡保険、一千万円がそっくり残っている。残りの五百万は、十年かけて分割で払うという。

無茶だ。保険金は築四十年になるこの家の建て替え資金として父が残したものだし、来年には、雄二夫婦に二人目の子も生まれる。とてもそんな余裕はないはずだ。そう指摘したが、雄二は首を横に振った。

「建て替えは、あと十年や二十年は必要ない。バブルの頃に建てた家やから、質のええ資材を使うてる。ニンニク栽培も好調やし、年に五十万ぐらいどうにでもなるわ」

「だとしても、俺の借金を肩代わりさせる気はない。美鈴さんも納得しないだろ」

「肩代わりとは違う。お父ちゃんの遺産を分けるんや。美鈴も納得しとる」

遺産分割は終わったはずだ。一周忌のとき、二百万円を受け取った。それを店の開店資金の一部にしたのだ。

　雄二はのっそり立ち上がると、食器棚の引き出しから書類を取り出し、健太に差し出した。

「司法書士の先生に作ってもらった資料や。付箋をつけたとこを確認してくれるか」

　受け取って目を通す。付箋は不動産関係の権利を記した部分についていた。真渕家の家屋敷と田畑の四分の一が健太の名義になっている。将来母が亡くなったら、健太の権利は全体の二分の一になる。税理士に相談したところ、現金化するとしたら税や手続きの費用を除いて千五百万程度になりそうだという。

「千五百万で兄ちゃんの権利を俺に譲ってほしいんや」

　ようやく話が見えたが、納得はできない。土地や家屋は、そこで暮らし、生計を立てている人間のものだ。しかも、自分はこの家を家出同然で飛び出している。

「権利があるなんて思ってない。俺に都合がよすぎるよ」

「本音を言うと、不動産を共同名義のままにしとくのは、俺が嫌なんや。そのうち兄ちゃんの気が変わるかもしれん。いきなり売れって言われて揉めたら嫌やんか」

　そんなことを言うと思っているのか。心外だったが、母も大まじめだ。

「親族で骨肉の争いしてる家って、案外多いで」

　憮然としていると、雄二はビールのグラスを置き、改まるように背筋を伸ばした。

「兄ちゃんにはここらで心機一転出直してほしいしな。店を手放したのは、ほんまに残念やった。けど、まだ四十を出たばかりやないか。こっちに戻って来た頃と比べたら、元気になったようやし、舌のほかに悪いところはないんやろ？」

母がうなずく。

「この家で作男みたいな真似しよっても、しゃあないやんか。料理人は無理でも、東京や大阪に出れば、何かできる仕事があるのとちがうか」

複雑な気分が胸に広がる。二人が健太の将来を心配しているのは確かだろうが、別の思惑も透けて見える。

——金は出すから、この家から出て行ってほしい。

それが母と雄二、そしておそらくは美鈴の希望なのだろう。色褪せたバスタオルが脳裏に浮かんだ。あれは、美鈴からのメッセージだったのかもしれない。

腹は立たなかった。むしろ、申し訳ない気持ちで一杯だ。音信不通に近かった長男が突然転がり込んできたのだ。そして一週間やそこらならともかく、何か月も居座っている。

いつまでこの状態が続くのか。元気になったのなら、そろそろ出て行ってほしい。彼らがそう考えるのは至極当然だ。

しかも、ただ追い出すのではなく、大金を用立て、健太をくびきから解放してくれようとしている。

情けないような気もするが、彼らの好意に甘えようと思った。それが彼らの望みでもあるのだから。

深呼吸を一つすると、チラチラと視線を送ってくる二人にむかって、ぎこちなく頭を下げた。

「勝手を言って申し訳ないけど、そうしてもらえると、俺としては助かります」

雄二がほっとしたように息を吐いた。

「ほな、司法書士の先生に書類、作ってもらうわ」

「うん。あと、ずいぶん長居して申し訳なかった。近いうちに東京に行って、則子と話してくる。仕事もできれば決めてくる」

母は唇を噛むと、後ろめたそうに目を瞬いた。

「追い出したいわけやないで」

「分かってるって」

「兄ちゃんがこっちで働く気があるなら、知り合いに聞いてみてもええよ。単身者用のアパート持ってる後輩もおるし」

「いや、いい。実は仕事を世話してくれる人が東京にいるんだ。独立前に勤めていた店の料理長で小泉さんって言うんだけど、その人のところにも、顔を出してくる」

「どんな仕事?」

「豊洲市場の仲卸。市場で仕入れた食材を飲食店に卸すんだ」

小泉から最初に話を聞いたときは、乗り気になれなかった。仲卸の給料では、いつまでたっても則子に金を返せないと思ったからだ。でも、借金を返す当てはついた。自分の食い扶持さえ確保できればいいのなら、仲卸の仕事も悪くないだろう。

雄二がほとんど空になった健太のグラスを手に立ち上がった。

「もう一度乾杯しよう」

シンクに中身を空けると、冷凍庫から新たな氷を取り出して入れ、健太の前でウォッカとソーダを注いだ。雄二の手は、赤黒く、節くれだっていた。健太の手とは色こそ似ているが、全然違う。

グラスを受け取り、乾杯をした。

久しぶりにアルコールを口にした。明日は二日酔いかもしれない。

そういえば、味覚障害を発症したのは、ひどい二日酔いの朝だった。一年前の出来事が脳裏によみがえった。

お盆明けの日曜日の朝、健太は自分が吐く息の酒臭さに辟易しながら自室を出た。常連客に付き合って、四時近くまでカラオケ店で飲んでいたのだ。

廊下には、鰹節で出汁をとるいいにおいが漂っていた。キッチンをのぞくと、則子が大根の皮をむいていた。則子は都内屈指の大病院の内科に勤務している。日曜ぐらいしか料理をしないが、包丁さばきはなかなかのものだ。一月ほど前に雇い入れた料理人見習いの森に見せてやりたい。

「おはよう」

声をかけると則子が振り向いた。唇をへの字に結んでいるが、怒っているわけではない。地顔だ。それでも患者受けは悪くないという。当然だろう。則子は他人を自分より下に見ない。優しそうには見えないが、実は誰よりも優しい。

出会ったのは七年ほど前だ。当時勤めていた地中海料理を出す店に則子はよく一人で食事に来た。ホール係が聞き出したところによると、近くの病院に勤めているそうだ。口が重いので患者と接する機会が多いナースや受付ではなく検査技師か経理職員あたりだろうと勝手に思っていた。

ある日、店でちょっとした事件があり、彼女のほうから話しかけてきた。それ以来、カウンター越しに話をするようになった。

彼女が内科医だと知ったのは、男女の仲になった後だった。驚いたが、則子に言わせれば「だからどうした」である。確かに、そうだと健太も思ったので、翌年結婚した。

子どもは持たず、それぞれが自分の仕事に邁進する。いわゆる友達夫婦の関係は、健太にとって理想的だった。家賃と光熱費を負担してくれたのもありがたかった。おかげで、貯金が三百万円ほどできた。父の遺産二百万円と、則子から借りた五百万の合計一千万円で、駅から離れているとはいえ代々木に店を持つことができたのだ。

それにしても、今朝は頭痛がひどい。少々飲みすぎた。

冷蔵庫から味噌を取り出しながら、則子が言った。

「昨日、遅かったんだね」

「常連さんにカラオケに連れていかれたんだ。経営コンサルタントの渡来さん。ノリも前に会っただろ」

健太の店は代々木の住宅街にある。店のスタッフと客、あるいは客同士のつながりが売り上げに直結する。則子もそれは承知のはずだが、無言で目を瞬いた。異議があるときの癖だ。それで思い出した。渡来の名を出したのはまずかった。

三月ほど前、店に一人で食事に来た則子は、カウンターで渡来と隣り合わせた。渡来は気さくなたちである。妻だと紹介したところ、早速話しかけていた。

その夜、帰宅したら則子が言った。

――あの人、学歴を詐称してる。

則子の実家のそばにある有名大学の卒業生だと言うので、学部を尋ねるとあやふやな答えが帰ってきた。おかしいと思って昔から人気のカレー店の話を振ってみたところ、気まずそうな表情を浮かべ、話題を変えたという。

見栄で学歴や勤め先を盛る客は珍しくない。酒場とはそういうものだ。実害もない。渡来は上客である。他の客の人生相談に乗ってやることも多い。気のいい男なのだ。健太自身、酔いつぶれて部屋に泊めてもらったことがある。

そう説明しても則子は納得しなかった。健太は人が良すぎる。相手のためにもならない。嘘がバレないと思えば、どんどん大胆な嘘をつくようになる。

どちらも持論を曲げないものだから、珍しく険悪な空気になった。

渡来の名を出すのはタブーだ。則子もそう考えたのだろう。朝ご飯をどうするか尋ねた。

「何がある？」

「焼き鮭となめこのみそ汁。あと、べったら漬けを切ろうかな」

「うまそう。五分で着替えて顔洗ってくる」

自室に戻り、クローゼットからデニムとポロシャツを出して着替えた。洗面所のシンクで顔を洗い、寝ぐせのついた髪を水で撫でつけた。

口をゆすごうと、歯磨き用のコップに水を汲む。コップに口をつけた瞬間、健太は飛び上がった。薬のような強烈な味がしたのだ。すぐに水をシンクに吐き出す。

昨夜断水でもあって、濁り水が出ているのだろうか。

急いで自室に戻り、ベッドサイドに昨夜置いたペットボトルの水を持ってきた。それで改めて口をゆすぐと、ダイニングキッチンに向かった。

「水、変な味がしないか？」

則子はお椀をテーブルに運びながら首をかしげた。

「いつもと変わらないと思うけど」

「嘘だ。薬みたいな味だったぞ。それとも洗面所だけおかしいのかな」

「酔っぱらって、コップに何かしたんじゃない？」

そういえば、半年ほど前、深酒して帰った夜、歯磨き用のコップを風呂掃除に使うスポンジで洗っていたようだ。トイレに起きてきた則子にみつかり、ひどく怒られた。後で、コップを調べてみようと思いながら席につき、両手を合わせた。

「いただきます」

お椀に口をつけた次の瞬間、口の中のものを吐き出した。激烈な塩味がしたのだ。薬のような苦みもあった。人間が口に入れていいものとは思えない。

「どんだけ味噌を使えば、こんなしょっぱくなるんだよ」

突き出したお椀を受け取ると、則子はみそ汁を一口飲んだ。表情は変わらない。味覚がおかしいんじゃないだろうか。そう思っていると、則子はキッチンに向かった。

シンクでコップに水を汲むと戻ってきた。

「なめてみて」

コップのふちに唇をつけ、コップを傾けた。舌先にほんのわずかな水が触れただけなのに、薬のような嫌な味が口いっぱいに広がった。健太は顔をしかめた。

「やっぱり水がおかしいんだな」

則子はコップを健太の手から取り上げ、口に運んだ。

「やめろ。絶対変なものが入ってる」

コップの中身を飲み干すと、則子は首を横に振った。

「普通の水だよ。味噌も、いつもと同じ量しか使ってない」

そんなはずがない。しかし、則子が嘘をつく理由もなかった。

則子はキッチンから布巾を取ってきた。汚れたテーブルを拭きながら言う。

「味覚障害かもしれないね」

新型コロナウイルスに感染した際に現れる症状の一つだ。しかし、症状が聞いていたものとは違う。

「それって味がしなくなる病気だろ?」

「そうとは限らない。味覚がどんなふうにおかしくなるかは、人によって違うんだ。健太の場合、普通の人より何倍も強く味を感じてるみたいだね。味覚障害っていうより、味覚過敏かもしれない」

そんなことがあるのだろうか。

箸を手に取り、鮭の切り身を口に運ぶ。舌に触れた瞬間、しょっぱさでこめかみがキーンとした。泣きたい思いで、べったら漬けを一切れ口に放り込む。舌がしびれそうなほど甘かった。

健太は箸をテーブルに叩きつけた。信じられないし、信じたくもないが、おそらく則子の言う通りだ。水道水の苦みは、塩素の味が増幅されていたためだろう。

則子が冷蔵庫からペットボトルの水を持ってきた。ひったくるようにそれを受け取って飲んだ。ほっとする味だった。逆に言えば、ボトル詰めされた水ぐらいしか、まともな味がしないということか。

背中に恐怖が這いあがってきた。二年前に開いたイタリアンバルは、今年の春ごろ、ようやく軌道に乗った。開店当初の借入金はほぼ返済していたこともあり、先月、銀行から新たに五百万を借り入れて、キッチンを改装した。見習い料理人も雇い入れた。資金繰りを考えると、月に四日以上は休みたくない。

それはともかく、こういうとき妻が医師なのはありがたい。これまでにもインフルエンザの薬なんかを出してもらった。

「効きそうな薬、持ってない？」

「さすがにないよ。私の所属は呼吸器アレルギー内科だから」

「どこで診てもらえば治る？」

「今日一日様子を見て、よくならなかったら、明日ウチの病院の耳鼻咽喉科へ行こう。いい先生がいるよ」

「だったら今すぐその先生に連絡して、往診を頼んでもらえないか。いや、場所を指定してくれたら、俺がそこに行く」

店のことを考えると、一分、一秒でも早く治したい。

則子は困ったように眉を寄せると、健太の椅子の後ろに回った。健太の肩に手を置くと、「一過性かもしれない」と言った。

「そんなことがあるの？」

「たとえば、飲みすぎたときとか」

人の舌の表面には、味蕾と呼ばれる突起がたくさんある。塩味、酸味、甘味、苦味、旨味の五つの味の成分を検知するセンサーだ。センサーが正常に働くには、亜鉛が必要とされる。

「亜鉛はアルコールを分解するときにも使われるんだ。大量に飲酒すると、亜鉛が足りなくなる。その結果、味覚障害が起きる」

自然に治る場合もあるし、亜鉛を薬として摂取すればよくなることもある。

低い声を聞いているうちに、気持ちがやや落ち着いた。深酒が原因だとしたら、アルコールが抜けるに従って回復する可能性がある。則子が言うように、今日一日は様子を見よう。問題は今夜店をどうするかだ。臨時休業にするなら、早めに決断したほうがいい。少し考えた後、健太は言った。

「今日の日中はゆっくり家で休む。夜は予約客にだけ、来てもらうことにする」

週末の予約はコース料理に限定している。仕込みはすべて終わっているし、予約客は六人ぽっきりだから、なんとかなるはずだ。味見は、やや不安だが、見習いの森に任せよう。

腹をくったところで腹が鳴った。音は則子の耳にも入ったようだ。

「食べられそうなものってある？」

「白粥（しらがゆ）かな。塩もいらない」

則子は無言で廊下に出て行った。戻ってきたとき、手にはレトルトの白粥があった。玄関のクローゼットに入っている災害用の持ち出し袋から出してきたようだ。

粥を米から炊くと、出来上がるまで三十分以上かかる。そもそも舌がバカなのだから、味にこだわる意味はない。いつだって則子は冷静で合理的だ。

自分には則子がついている。きっと大丈夫だ。

「ノリがいてよかった」

則子は軽くうなずくと、鍋(なべ)に水を張り、粥を温めるお湯を沸かし始めた。

あれが則子と最後に交わした夫婦らしい言葉かもしれない。その後、医療機関を何軒回っても原因が分からず、気持ちはどんどんすさんでいった。治せないくせに申し訳ないという素振りさえ見せず、適当なことを言って追い返そうとする医者に腹が立った。患者を同じ人間として見ていないのではとすら思った。店を手放し、事件に巻き込まれてから気持ちはさらに荒れた。則子に「医者の癖になぜ治せない」と難癖をつけたこともあった。

氷がすっかり溶けたウォッカソーダを飲んだ。ぬるくなったせいか、薬のような味がした。


バックパック一つで東京駅のホームに降り立ったのは、家族会議の三日後だった。エアコンで冷えた身体をむっとした空気が包み込む。人が溢(あふ)れている構内を歩いているうちに、全身が汗まみれになった。中央(ちゅうおう)線の電車に乗り込み、一息つけると思ったら甘かった。汗が引くどころか収まらない。そういえば、都内の電車には弱冷房車というものがあった。

新宿駅を西口から出ると、そこもやはり人、人、人だった。バックパックのショルダーベルトを握りしめ、小滝橋通りを北に向かってずんずん歩く。東京はまだ夏空だ。入道雲が目にまぶしい。どこからか高校野球の中継が聞こえてくる。そういえば、今日の決勝に実家の隣町にある高校が進出した。あんなに楽しみだったが、今はそれどころではない。途中経過を確認しようとも思わなかった。

かつて勤めていた店についたときには、グレーのポロシャツの胸のあたりが汗で濡れて黒くなっていた。

L字のカウンターとテーブル席が六つほどある地中海料理を出すレストランである。ドアに準備中の札がかかっている。ガラス張りの店内をのぞくと、小泉の姿が見えた。黒のTシャツとハーフパンツでカウンター席に座っている。小泉は極端な短髪で、恰幅がいい。そんな恰好をしていると、シェフには見えなかった。

競馬新聞を広げているのを見て苦笑した。小泉はギャンブル好きなのが玉に瑕だ。ホテルのレストランで修業し、銀座の老舗に勤めていたが、給料の前借の頻度があまりにも高いので首を切られた。その後も、同僚への借金を咎められたりでいくつもの店を追い出され、この店に流れてきたと聞いている。この店のオーナーはパチンコファンなので、借金はともかくギャンブルにはわりと寛容だ。

軽くノックをしてドアを開ける。エアコンの冷気で生き返るようだった。小泉が顔を上げる。持っていたサインペンを耳の裏に挟むと、「よう」と言いながら片手を上げた。健太はバックパックを肩から下ろし、頭を下げた。

「ご無沙汰してます。いつも頼み事ばかりですみません」

去年の秋、味覚障害を発症して一月後、治る見通しがまったく立たず、店を手放す決心をしたとき、真っ先に小泉に相談した。小泉は知り合いに声をかけ、居抜きで店を引き継いでくれる料理人をわずか一週間で見つけてくれた。おかげで、店を手放した後に残る借金は、当初見込みの七百万円から五百万ちょうどに圧縮できた。

それればかりではない。小泉は、食材の処分を兼ねた閉店パーティーにも来てくれた。客としてではなく、健太に代わって、料理を作ってくれた。

その時のお礼もまだしていない。なのに、自分を気にかけて連絡をくれたのは、その後、健太が躓いた責任を多少感じているからかもしれない。

「まあ座れよ」

バックパックを空席に置き、小泉の隣に座った。カウンターの中から古い油のにおいがした。配管から饐えたようなにおいもする。健太がいたころは、そんなことはなかった。掃除に手を抜こうものなら、どつかれたものだ。小泉も年を取り、丸くなったのだろうか。だらしなくなったと言うべきか。

新聞を畳むと、小泉は健太をじろりと見た。

「痩せたな。舌のほうは相変わらずか」

「ええ。何を食べてもまずくて。でも、食材の良し悪しは、見た目やにおいで分かると思います」

「仲卸の社長には、昨日電話しといた。明日の午後三時から六時までの間に事務所に顔を出してくれってよ。一応面接したいんだってさ」

面接があるとは知らなかった。

「こういう服じゃまずいですかね」

ポロシャツの胸元を引っ張りながら言うと、小泉は笑った。

「向こうだってどうせ作業着だ。それに面接なんて形だけだよ。前にメッセージで送った住所を訪ねてくれ」

「ありがとうございます」

「周りの手前もあるから、当分は見習い扱いだってよ。若いのに混じって海老(えび)の殻むきなんかをさせられるようだけど、大丈夫か？」

「もちろん」

仕事を選ぶ気はない。この分なら、明日にも新しい仕事が決まりそうだ。ほっとすると同時に喉(のど)の渇きを覚えた。バックパックから水のペットボトルを取り出していると小泉が言った。

「奥さんはどうした」

「別れるつもりです」

「公私ともに一から出直しだな。サラリーマンも悪くないかもしれないぞ」

「だといいんですけどね」

「そういえばお前の店を引き継いだ内藤(ないとう)だけどな。客がまったく入らないらしい。年内に潰(つぶ)れそうだって聞いてる」

　本当であれば残念だ。内藤は店をほぼそのまま引き継いでくれた。別の人間の手に渡ったら、考え抜いて作ったキッチンも、三重県の材木屋に自ら足を運んで板を選んで作ってもらったカウンターも処分されてしまうかもしれない。

「あいつはプライドが高すぎる」

　引き継ぎの際、一度だけ会った内藤の顔を思い出す。神経質そうな男だった。

「あそこは都心といっても住宅街だろ。地域密着型の店にして常連と飲みに行ったりしないと、厳しいんだよ。お前は俺の助言を素直に聞いたから……」

　小泉は、はっとしたように唇を引き結ぶと舌打ちをした。

「悪い。妙な方向に話がそれた」

　まったくである。

　店の常連だった渡来の顔が脳裏に浮かび、息が苦しくなった。あの男のせいで、千五百万もの借金を抱える羽目になったのだ。苦い思いがよみがえる。健太は唇を噛(か)み、うつむいた。

十月初旬に店を内藤に譲った後、二週間ほど自宅療養と称して引きこもっていた。店を手放したのもショックだが、それ以上に、二度とまともな料理が作れないと思うと辛かった。料理人以外の仕事などしたことがないし、しようと考えたこともない。

則子は、遠方の医療機関を受診するように勧めたが、きっぱり断った。都内で三人の医者に診てもらった。どの医者も、則子が探してくれた一流といっていい医者だ。彼らが治せないなら、治らないのだ。「ストレスが原因ではないか」などと頓珍漢なことをしたり顔で言われるのも苦痛だった。ストレスはある。でも、それは味覚障害の原因ではなく結果だ。

自宅に引きこもり、白粥をすすりながらゲーム三昧の日々は、ひたすらむなしかった。そんなある日、渡来から連絡があった。

一緒にビジネスをしようと渡来は言った。来年春頃までに中国で立ち上げる会社の役員になってほしいという。

中国では西欧料理の人気が高まっているが、料理人が足りないそうだ。経営ノウハウもない。そこで料理人の養成や開業支援などを手がけるのだという。健太にはメニューの開発、料理人向けの講習会の講師などを頼みたいと渡来は言った。

味が分からない人間にできる仕事とは思えなかった。そもそも、中国語なんてしゃべれないし、短期の旅行ならともかく中国で暮らしたくない。しかし、現地とのやり取りは基本的にオンライン。日本語ができる現地スタッフを雇うので、言葉の問題はないという。

だとしても、海外でのビジネスは簡単ではないだろう。渡来は現地には知人もおり、新会社に加わってもらう予定だから絶対うまくいく。協力してくれとしつこかった。胡散臭い商売だと思うなら、現地の情勢を知る同業者にでも、話を聞いてみてはどうかと言った。

なおも渋っていると、月に五十万円出すと言われた。それを聞いて、心が動いた。月収五十万もあれば、則子が立て替えてくれた銀行からの借金五百万円は数年で返せそうだ。則子は高給取りだが、三年前に亡くなった実母の介護費用で貯金の大半を吐き出している。これ以上負担をかけたくなかった。もっと言えば、尻拭いをしてもらうのは、不本意だった。

とりあえず、小泉に相談してみることにした。彼なら、中国で働いている料理人の一人や二人は知っていると思ったのだ。

事情を話し、助言を求めたところ、最近まで中国のイタリアンレストランで働いていたという知り合いを紹介してくれた。

その男は、絶対にいい話だと、太鼓判を押した。現地でイタリアンやフレンチの店はすさまじい勢いで増えているが、質が悪い店が多いそうだ。

小泉も同意見だった。そもそも、現地に移住する必要はないのだから、難しく考える必要はない。向いていないと思ったら、さっさと辞めればいいいと背中を押され、その気になった。

小泉には、無事に会社が設立されるまで則子には黙っていたほうがいいという助言ももらった。女性はリスクを取るのを毛嫌いする傾向にあるからだという。さもありなんである。そもそも、則子は渡来を信用ならない人物だと思っている節がある。年内は自宅で療養したいと言えば、職探しをしなくても、いぶかしまれたりはしないだろう。

渡来には、その日のうちにオファーをありがたく受けると伝えた。

会社ができるまでは、特にやることもないだろうと思っていたのだが、案外そうでもなかった。会社の設立資金が不足しそうなので、資金集めを手伝ってくれと渡来に言われたのだ。「日本発の繊細な西欧料理を中国で普及する」という名目でクラウドファンディングを実施するという。ネットで一般の人から事業資金を募る試みだ。目標金額は一月で一千万円。出資してくれた人は、二年後をめどに、新会社がプロデュースした中国の飲食店を巡る食ツアーに招待するのだとか。

コンサルタントの自分より、料理人の健太が音頭を取ったほうが、説得力がある。名前を貸してほしいと言われ、そんなものかと軽い気持ちで了承した。かつての常連客らにも出資を呼びかけた。知り合いのグルメサイトの編集者が記事を書いてくれたこともあり、資金は思いのほか早く集まった。十二月の初めに渡来は現地で最終的な話を詰めると言って中国へ向かった。

ところがその翌日から渡来と連絡が取れなくなった。事故にでも遭ったのではないかと気が気でなかったのだが、三日後に一本のメールが来た。

——現地のコーディネーターに集めた一千万円を持ち逃げされた。大使館や現地の警察に協力を要請し、金を取り戻すべく、奔走している。

集金に使った銀行口座を確認したところ、全額が引き出されていた。口座の名義は健太だが、カードは渡来が持っていた。

そのときになってようやく不安が芽生えた。

詐欺の片棒を担がされているのではないか。いや、もっと悪い。主犯に仕立て上げられた可能性がある。

一週間後、不安は確信に変わった。頭が真っ白になった。

金を振り込んだ人たちは、早晩事実を知る。そして返金を迫るだろう。返せなければどうなるのか。

自分も渡来に騙されたのだ。そう主張したとして、どこまで信じてもらえるか。書類上の責任者は、間違いなく自分なのだ。下手をすれば、手が後ろに回る。

深夜、PCの画面をにらみながら青い顔で震えていると、則子に声をかけられた。ごまかそうとしたが、もはやその気力すらなく、問われるまま則子にすべてを打ち明けた。

則子はいつもの無表情で話を聞いていた。その日は何も言わなかったが、数日後、一千万円を健太の銀行口座に振り込んでくれた。親族から借金をしたそうだ。抜け殻のようになった健太に代わり、則子が探してくれた弁護士が、出資者に事業が中止になったことを説明し、謝罪のうえ返金をしてくれた。警察にも、被害届を出した。

尻拭いをしてもらっている自分がみじめだった。則子と顔を合わせるのも苦痛だった。

それからしばらくして、則子は勤め先の病院を退職した。親族が経営するクリニックで働くと言い出したとき、苦痛は耐え難いものになった。クリニックを継いでほしいと前々から言われているのは知っていた。則子にはその気がないようで、断っていたのだ。

則子は一千万円で自分の将来を売ったのだ。大病院のエリート医師の座を手放し、なりたくもなかった開業医になった。そうさせたのは自分だと思いながら、健太は家を出た。

則子は誰よりも優しい。それが耐えられなかった。そんな自分は最低だ。

「顔色が悪いな。大丈夫か？」

小泉に声をかけられ、我に返った。

「すみません。あの件を思い出してしまって」

「その後、渡来とは？」

「連絡がつきません」

「いまだに本名も分からないのか」

「ええ」

唯一の手がかりは携帯電話の番号だったが、携帯自体が名義貸しで手に入れたものらしく、結局彼がどこのだれかは分からなかった。店で周年パーティーをやったときなどの写真も探してみたが、はっきりと正面からの顔が映っているものはなかった。警察に届けは出したし、これ以上できることはない。

「弁護士や探偵とかに探させたりはしないのか？」

健太は首を横に振った。

「海外に出たのかもしれないって警察が言ってたから」

この件について、これ以上話すことはなかった。小泉のほうも質問を重ねる気はないようだ。健太は椅子を引いて立ち上がった。

「仕事、正式に決まったら、連絡させてもらいます」

「おう。落ち着いたら、飯でも食いに行こうや」

食事なんてとんでもないが、小泉に悪気があるはずもなかった。

競馬新聞を再び広げた小泉に一礼すると、健太は店を出た。


新宿駅から山手線に乗り込んだ。今夜は大崎にあるビジネスホテルに予約を取っていた。則子と会うのは、仕事が決まってからにしたかったのだ。

安ホテルだから、部屋はどうせ狭い。この時間にチェックインしても気が滅入るばかりだろう。どこかで時間を潰さなければと考えているうちに、電車は代々木駅のホームに滑り込んだ。

懐かしさがこみあげてくる。自宅から店までは徒歩通勤だったので、この駅を使う頻度はそれほど高くはなかった。それでも、ホームタウンにやってきたという感慨がある。

電車のドアが開くのと同時に、降車する客の背を追うように歩き出していた。せっかくだ。店の様子を見てこよう。小泉の話が本当なら、あの店は近い将来、消えるかもしれないのだ。むろん、店の中に入ったりはしない。ガラス張りの窓から店内の様子は、ある程度分かるだろう。

　イタリアから取り寄せたスツールは健在だろうか。自慢のカウンターは、きちんと拭きあげられているだろうか。

　ドキドキしながら飲食店が立ち並ぶ細い通りを歩いた。大きな交差点を渡り、しばらくすると周囲には店舗より住宅のほうが多くなる。やがて懐かしい建物が見えてきた。店名を記した袖看板のほかは、変わらないように見える。

　背中のバックパックを揺すり上げると、歩調を緩めた。ガラス張りの店内を横目でのぞく。照明はついていなかった。たぶん誰もいない。じっくり見るかと思って足を止めたところで、背後から声をかけられた。

「何かご用ですか？　開店は六時なんですが」

　男の声だった。おそらく内藤だ。

「いえ」

　曖昧に会釈をして、その場を離れようとしたが、その前に内藤が健太の名を呼んだ。

「真渕さん、ですよね？」

　どうして分かったのか、と思いながら顔を上げると、ガラスに顔が映っていた。それにしても、よく分かったものだ。雰囲気も面相もがらりと変わったが、分かる人には分かるものか。観念して身体の向きを変えた。

内藤は渋い和柄の手拭いを頭にかぶり、Tシャツに短パンという軽装だった。野菜の入ったレジ袋を下げている。日差しがまぶしいのか、細い目をさらに細くしていた。

「近くまで来たものだから。用はないんだ。お騒がせしました」

軽く手を挙げ、その場を離れようとする健太を内藤が再び呼び止めた。

「待ってください。時間、ありませんか？　連絡を取りたいと思ってたんです。連絡先が分からなかったから」

共通の知り合いである小泉に聞けば、すぐに分かるはずだ。それはともかく、内藤が深刻な表情を浮かべているのが気になった。

「時間はあるけど……」

内藤はうなずき、ドアに鍵を差し込んだ。


およそ十か月ぶりに足を踏み入れた店内は、健太がいたころと、ほとんど変わっていなかった。椅子やカウンターの位置はそのままだし、手入れも行き届いている。棚に飾った陶器の人形の隣に、ヴィンテージ風の温度計が加わっていたが、それはそれでなかなかいい雰囲気だ。

しかし、自分の店という感覚はまったくなかった。空気やにおいが違うのだ。

内藤は冷蔵庫からペットボトルの水を取り出した。氷とともにグラスに入れると、スライスレモンを浮かべて、健太の前に置いた。冷たい水にありつけるかと思ったのに残念だ。

テーブルに向かい合って座ると、内藤は唾を飲み込むように喉を動かした。両肘をテーブルに載せて腕を組み、せわしなく目を瞬く。

「俺、口下手なんで、うまく説明できるかどうか……。真渕さんが巻き込まれたクラファン詐欺の件、だいたい知ってるつもりです」

またその話か。思い出したくないことに繰り返し言及されるのは、結構キツイ。東京へ来たら、こういうこともあるのだと覚悟をしておくべきだった。

「小泉さんから聞いたんですか？」

「いえ、真渕さんの代からのお客さんからです。出資者だったそうで」

思わず視線を逸らした。謝罪と返金はしたが、騙されたと言って、罵倒、あるいは健太の愚かさを責める言葉を連ねたメールを送ってくる知り合いが何人かいた。そのうちの一人かと思ったが、そうではないようだ。

「その人は、真渕さんは、むしろ被害者で、渡来が主犯だって言ってました。ああ、なんか話が進まないな」

そう言うと、内藤は苛々したように手拭いで覆った頭を掻いた。

「話が飛びますけど、三宅明子さんって覚えてますか？　女性のお客さんなんですが」

少し考えた後、うなずいた。初老のビジネスウーマンだ。ふくよかでコロコロとよく笑う人で、鴨のコンフィが好物だった。

「去年の春頃、アジアのどこかの国に転勤したはずだけど」

「マレーシアです。先月日本に戻ってきたんです。またこの辺に部屋を借りたそうで、昨夜店に来てくれました。真渕さんがいないので、残念がっていましたよ」

「そう」

遠い昔の話のようだ。

「クラファン詐欺のことも、知らなかったそうでびっくりしていました。彼女、渡来と親しかったようですね」

そんな記憶はある。それにしても、話がどこへ向かうのか分からない。健太の苛立ちが伝わったのだろう。内藤は神経質そうに目を瞬くと、ここからが本題だと言うように背筋を伸ばした。

「三宅さんが、渡来を見かけたそうなんです。昨夜、そう言ってました」

息がつまりそうになった。慌てて唾を飲み込む。それで昨日の夜から、健太の連絡先を知っていそうな元常連と連絡を取っていたのだと内藤は言った。

「それにしても、いったいどこで？」

「それが小泉さんの店なんです。二日前のことだそうです」

喉から奇妙な声が出た。

「渡来はカウンターで料理人と話し込んでいたんだとか。店を出るときに気づいて声をかけようとしたけど、どうせこの店で顔を合わせるだろうと思って、そのまま帰ったそうです」

「その料理人っていうのは？」

「年恰好(としかっこう)からいって、十中八九、小泉さんだと思います。小泉さんは、真渕さんが渡来に騙されたことを知ってますよね？」

「もちろん」

面識もあるはずだ。閉店パーティーのとき、競馬の話で大いに盛り上がっていた記憶がある。名刺交換もしていたはずだ。

あの二人が二日前に会っていたとしたら、考えられることは一つしかなかった。小泉は渡来と示し合わせて、健太を騙したのだ。内藤もそう考えているのだろう。小さくうなずいた。

健太は天井を仰いだ。昔は気づかなかった小さなヒビが目に入った。目を閉じ、頭を振る。

昨日、小泉は渡来の話題を出した。あれは、様子見が目的だったのかもしれない。

小泉は探りを入れたかったのだろう。健太があの事件についてどう考えているのか。渡来を本気で探すつもりなのか、それとも諦めたのか、確かめたかったのだ。

二日前と言えば、家族会議の翌日だ。その日の朝、健太は小泉に就職の世話を依頼する旨の連絡を入れた。小泉は渡来を呼び出し、対応策を練っていたのだと思われる。そもそも、就職先を紹介したのも、健太を呼び出す口実だったのかもしれない。田舎の実家に引っ込んだ健太の様子が気になっていたのだろう。

内藤はボソボソした声で続けた。

「小泉さんには、お世話になりました。詐欺の片棒を担ぐような人だと思いたくないけど、よくない噂も聞こえてくるんです」

闇金に手を出したところ、返済が追いつかず、四苦八苦しているようだと内藤は言った。

「ギャンブルが原因の借金癖は昔からですが、僕が知ってる限り、給料の前借とかせいぜい消費者金融を使うぐらいでした。それがエスカレートしたのかもしれません」

この店を紹介してもらったときも、親切心から声をかけてくれたと思っていた。実際、紹介してくれた当初は、紹介料はいらないと言っていた。ところが三か月ほど前、やっぱり紹介料をよこせと言ってきた。

「しかも三十万円も。のらりくらりと逃げているところです」

話を聞いているうちに、腑に落ちてきた。小泉が後輩の面倒を見るのは、おそらく善意からだろう。ところが金に困ると、タカりだすのだ。

自分の場合もそうなのだろう。小泉は、店の譲渡先探しに奔走してくれた。閉店パーティーでは腕をふるってくれた。あれは善意だったと思う。しかし、金に困ると背に腹は代えられないとばかりに、豹変するのだ。

あの頃の自分は失意のどん底だった。喉から手が出るほど金もほしかった。渡来と小泉にとって、絶好のカモだったにちがいない。

吐き気がしてきた。小泉は自分を騙した。そんな相手に就職の世話を頼んでしまったなんて、おめでたいにもほどがある。

ただ、このまま引き下がる気はなかった。あの事件でいろんなものを失った。取り戻せないものもある。でも、騙し取られた金は、取り返せるかもしれない。

椅子を蹴るように立ち上がった。

「小泉のところに行ってきます」

渡来の居場所を教えろと追及するのだ。あの男にも小泉にも相応の罰を受けさせてやる。そうしなければ気持ちが収まらない。バックパックをつかんで飛び出そうとした健太の前に、内藤が立ちはだかった。

「直談判は止めたほうがいいですよ。素人が下手に接触して、逃げられてしまったら元も子もない」

頭に上っていた血が、すっと下りていくのが分かった。

内藤の言う通りだ。小泉を渡来ともども警察に引き渡し、裁きを受けさせなければ。

「三宅さんからも、警察に話をしてもらえるかな」

内藤はうなずくとポケットからスマホを取り出した。

「たぶん大丈夫です。今から電話してみます」

「お願いします」

内藤が三宅の連絡先を調べ始めた。その様子を眺めているうちに、再び鼓動が早くなった。無意識のうちに目の前のグラスに手を伸ばしていた。一口水を飲んだ瞬間、強烈な酸味が舌から脳天に突き抜けた。


大泉学園駅は、池袋から私鉄でおよそ二十分の距離だった。東京には二十年以上住んだが、この街に来るのは初めてだった。

北口から駅を出た。付近には、商業ビルや商店が立ち並んでいる。小さな子どもがいる家族が暮らしやすそうな街だと思った。そこらへんを歩いている主婦らしい人たちも、都心と比べて平均年齢が若い印象だ。

ごちゃごちゃした通りを西に少し歩くと、バス通りに出た。道の両側は桜並木。歩道も広々として気持ちがいい道だ。それを北に向かって歩き出す。

夕方の五時を過ぎていたが、日はまだ高く、気温も下がっていなかった。則子の新しい職場である保泉クリニックは、バスを使えば駅から五分ほどのようだが、診療時間が終わる前に着いても手持無沙汰になるだけだ。

代々木警察署で、昨日の夕方と今朝の二度にわたって事情を話した。幸いにも一年前に担当してくれた刑事がまだいた。三宅にも話を聞いてくれるそうだ。

挨拶に行くはずだった、仲卸の社長には電話をかけて、一身上の都合を理由に入社を辞退し、平謝りをした。社長はむしろほっとした様子だった。

――実は、人を増やす余裕なんかないんだよ。小泉さんから採用しなくていいから、面接だけでも受けさせてやってほしいって頼まれて、断れなくってねえ。

要するにそういうことだったのだ。どうせ面接に行っても、はねられていた。

昼過ぎからしばらくの間、新宿の街をブラブラして時間を潰した。小泉の店にも仕込みが始まると思われる三時過ぎに行ってみた。定休日ではないのに、中には誰もいないようだった。小泉が警察に事情を聞かれているのだと思った。

この後、事件がどう展開するのかは分からない。でも、事態は前に動いた。自分も動き出すつもりだ。とりあえずアパートをみつけ、仕事を探そう。料理人はできなくても、きっと仕事はあるはずだ。そもそも実家にはもう戻れない。

その前に、則子と話をしたかった。

自宅で話すと、お互いに感情的になるかもしれない。そう思って、診療が終わる時間を狙って勤務先のクリニックに行くことにしたのだ。アポなしだが、会えないことはないはずだ。

保泉クリニックは、交差点の角にあった。新しくもなければ古くもない。いわゆる街のクリニックといった雰囲気だ。

このクリニックの前院長で則子の叔父(おじ)は保泉姓だ。則子も、仕事のときには旧姓を通していた。医師免許には、旧姓と現姓を併記できるのだとか。

到着がやや早かったので、しばらくその辺を行ったり来たりして時間を潰した。診療時間を十分過ぎてから、クリニックのドアを押した。

入ってすぐのところが、待合室になっていた。グリーンのカバーがかかったベンチが、清潔な印象だ。

受付の若い女性が立ち上がった。すまなそうな顔で頭を下げる。

「特別外来の受付は、終わってしまったんです。それに予約制なので」

特別外来は週に一度、水曜日の午後だという。

「予約をお取りしましょうか?」

「いや、僕は……」

保泉則子の夫だと名乗っていいものだろうか。迷っていると、廊下の奥からユニフォームを来た小柄な男が現れた。看護師のようだ。草食動物のようなつぶらな目をしている。高校生のように見えるが、いくらなんでもそこまで若くはないだろう。男は言った。

「今からでもいいですよ。先生、今夜は暇だって言ってましたから」

看護師が診療時間を勝手に延長していいのだろうか。受付の女性も不満をあらわにした。

「レンさん、困ります。今日は定時で帰りたいんです。昨日、先生にそうお願いして了承をいただいたんですが」

レンと呼ばれた男は、軽く目を見張ると肩をすくめた。

「あっ、そうでした。っていうか、そのことで来たんだった。先生が、どうぞ引き上げてくださいって。今診察中の患者さんとこの患者さんの会計は、僕がやります」

女性は、ほっとしたようにうなずくと、そそくさと帰り支度を始めた。レンは、彼女と入れ替わるように受付カウンターの中に入ると、問診表をクリップボードに挟んで健太に差し出した。

「記入してもらえますか」

診察を受けに来たのではないのだと言おうとしたが、その前に廊下の奥からのんびりした声がした。

「レンくーん、ちょっと来て」

則子の声だ。懐かしさがこみあげた。あれほど彼女から逃れたかったのに、不思議なものだ。

レンは健太に会釈をすると、小走りで廊下の奥へ走っていった。押し付けられたクリップボードに、筆記用具が挟まっていないのを見て苦笑する。ずいぶんそそっかしい男だ。

問診表に何気なく目を通し始めて、はっとした。最初にこんな文章が書かれていたのだ。

――過敏症の人のための外来です。身の回りの微量な化学物質に反応する化学物質過敏症はもちろん、その他の過敏症にも対応します。その辛さ、あなただけのものではないかもしれません。一緒に考えましょう。

院長・保泉則子
質問にざっと目を通すと、健太は、思わず周りを見回した。

保泉クリニックは内科だと聞いていたが、そうではないのだろうか。そういえば、今日は特別外来の日だと言っていたが……。

脈が早くなった。唾(つば)を飲み込み、もう一度問診表を読んだ。

自分のような症状の人間も診てくれる外来なのだろうか。

　あわただしい足音がして、レンが戻ってきた。

「前の患者さん、先生と込み入った話があるようで、しばらくかかりそうなんです。時間は大丈夫ですか？」

「ああ、うん」

　レンは健太の隣に座ると、手元をのぞき込んだ。問診表が未記入なのを見て取ると言った。

「白紙でもかまいませんよ。ウチの先生は、どうせあんまり読まないから」

「えっ、そうなんだ」

　レンは白い歯を見せて笑った。

「マイペースというか、合理主義者というか。先生によると、問診表は、患者さんが自分の身体の状態を客観的に把握したり、考えを整理したりするために書くものだそうです。細かな問診は対面でやりたいそうですし」

　則子らしい言葉だと思った。そしてこのレンという看護師も、則子といかにも気が合いそうだ。要領は悪そうだが、物おじしない。誰に対してもフラットに接している様子も察せられる。

「えっと、お名前をうかがっていいですか？」

「真渕です」

「真渕さんは、どんな症状が？」

「味覚障害。味が普通の人の何倍にも増幅されるみたいで、何を食べてもまずいんだ」

「仕事に支障が出たりしますか？」

少し迷ったが、どうせ後で則子に取り次いでもらうのだ。身元を隠す必要はない。

「料理人だったから。自分の店を持って二周年を迎えたばかりだったのに、仕事がまったくできなくなって、店を手放す羽目になって……」

レンは目を大きく見開いたかと思うと、問いかけるような表情で健太を見た。健太がどういう人間なのか、思い当たったのだろう。

待合室の壁に前院長のものと並べて掲げてある則子の医師免許には、現在の姓である「真渕」も併記されている。それに、レンは則子とやけに親しそうだ。対等に近い関係にあるようにも見える。則子自身が、別居している料理人の夫が、味覚障害に苦しんでいると話した可能性もおおいにありそうだ。

レンは、しきりに身体を動かし始めた。思いがけない事態にどう対処していいのか分からないのだろう。そういうところは、見かけと同じく子どもだ。健太のほうから質問をしてみることにする。

「ここの先生は、込み入った話まで聞いてくれるの？　それだと時間ばかりかかって儲からないよね」

「持ち出しもあるようですが、水曜以外は一般内科の保険診療をきっちりやっているのでなんとか大丈夫みたいです。それに、原因や治療法が分からないときには、話を聞くしかないですから。違和感を訴えている患者に、気の持ちようじゃないかとか、ストレスが原因かもしれないなんて適当なことを言うと傷つきます」

健太は心の中で何度もうなずいた。医者にそう言われるたび、腹が立ってしょうがなかった。そして絶望していったのだ。

「大変そうだね。あなたも先生も」

「患者さんに気は遣うし、診察時間は長いし。患者さんのお宅に出向くこともあります。でも、やりがいはあります。先生についてきてよかったと思っています」

あなたが誰だか分かっていますよ、とでも言うようにレンは微笑んだ。ならば話は早い。この際、聞きたいことを聞いてしまおう。

「先生とは前の職場が一緒だったってこと？」

「ええ。僕、そこでは使えない奴だってよく言われてました。要領が悪いし、そそっかしいし。自分でもそう思ったので、去年の暮れに辞表を出すつもりでした。そうしたら、先生に言われたんです」

――あなた、ナースってものが分かってないね。大事なのは人柄。あなたは、人のことを使えないだなんて、絶対に言わない。勉強や訓練は必要だけど、きっといいナースになるよ。よかったら、私が今度やるクリニックにおいで。

「ちょっと感激しちゃって」

則子らしいと思った。そして、レンはあの時の自分と同じだ。

健太はレンにペンを持ってくるように頼んだ。

「問診表を書きます」

レンはすべてを飲み込んだような顔をしてうなずいた。

月曜の夜、閉店間際の店には、三人の客がカウンターに残っていた。

月曜日はたいてい暇だ。今日もさほど忙しくなかった。料理は全て出し終えたので、ホール担当の店長とアルバイトスタッフはすでに引き上げた。料理長の小泉も食材の発注作業をすると言って奥に引っ込んでしまったので、店に残っているのは健太一人だが、ドリンクのラストオーダーを受けるぐらいしか仕事は残っていない。手が空いているときには、カウンターの客の相手をするのだが、今いる三人に関してはその必要はなさそうだった。

店の奥、L字の先端に座っている四十がらみの男と若い女の二人連れは、食事が終わってからも一時間以上飲み続けていた。男のほうは、月二ペースで来店する常連だ。

一人で来るときには、カウンターでよくしゃべる。大手企業に勤務しているのを鼻にかけているいけ好かない客だが、毎度平均客単価の二倍は使ってくれるから邪険にはできない。女のほうは初めて見る顔だった。男が熱く語る酒の蘊蓄（うんちく）に素直に耳を傾けている。

Lの字の底辺に当たる入口近くの席では、のっぽで不愛想な女性客が本日の魚料理とサラダをパンと一緒に黙々と食べていた。彼女もこの店の常連だ。週に一度のペースで遅い時間に現れ、淡々と食事だけしていく。ホールスタッフが聞き出したところ、近所の大病院に勤めているそうだ。

健太は冷蔵庫を開け、残った食材のチェックを始めた。今日のお勧めメニューだったタコのフリッターを揚げまくったせいで、油のにおいが全身にこびりついている。自分でも分かるぐらいだから、他人にとっては耐え難いにおいだろう。

明日は定休日だ。どこかで軽く飲んで帰るつもりだったが、コンビニでビールとつまみでも買って帰るとするか。そんなことを考えていると、男に呼ばれた。

「ケンちゃん、グラッパある？」

ブドウの搾りかすで作るイタリアの蒸留酒だ。メニューには載せていないが、何本か用意があった。

「お好みのタイプ、あるいは銘柄はありますか？」

「マール。二人分頼むよ」

この店にマールは置いていない。というか、マールはフランス産で原料はグラッパと同じだがまったく別ものだ。蒸留後、樽で熟成する。

どちらを所望しているのか確認したかったが、連れの女性の手前、まずいような気がする。

そのとき思い出した。先日、オーナーが「最近はこんなのが流行っている」と言って、樽熟成したグラッパを持ってきたのだ。あれなら、マールとほとんど変わらないはずだ。やれやれと思いながらそれを出した。洗い上げたグラスをクロスで拭きながら様子を窺っていると、グラスに口をつけた女が叫んだ。

「すごーい。これ美味しい」

ほっとしていると、女がスマホを手に取り、カウンターの内側に置いた瓶を指さした。

「そこにある瓶、取ってもらえますか？」

ラベルの写真を撮りたいようだが、それは困る。

「すみません、それはちょっと」

慌てて瓶を片づけようとしたが、その前に男が腰を浮かせ、瓶に手を伸ばした。ラベルを見ていたが、次第に目が険しくなっていく。顔を上げると、男は健太をにらんだ。

「これ、マールじゃないね。騙そうとしたの？」

「いえ、実はマールっていうのはフランス産で……」

なぜその酒を出したのか説明しようとしたところ、男の顔色が変わった。自分の勘違いに気づいたのだろう。余計な講釈は必要ないと思って口をつぐむと、男は甲高い声で笑い始めた。

「そっか。ケンちゃんはラベルが読めないんだっけ」

いったい何を言い出すのだ。ラベルに記載されているすべての言葉が分かるわけではないが、グラッパとマールぐらい読める。男は続けた。

「前に言ってたもんね。英語どころか漢字もまともに書けない中卒のバカだって」

ああ、その話か。連れの女が複雑な表情を浮かべるのを見ながら、男から視線を逸らせる。確かにそんなことは言った。自虐ネタで笑いを取ろうとしただけだ。それは男も分かっているはずだ。今その話を持ち出すのはフェアじゃない。

背後で音がした。騒ぎに気づいた小泉が奥から顔をだしたのだ。探るような目をしている。

「どうかしましたか？」

男は何でもないというように、せわしなく手を振った。

「いや、ちょっとした行き違いだから。そろそろ会計をしてもらおうか」

小泉が視線を送ってきた。大丈夫だという意味を込めてうなずいてみせると、小泉は再び奥に引っ込んだ。

男は連れの女を店の外で待っているように言うと、クレジットカードを出した。それを受け取り、入口近くのレジで会計をすませる。カードとレシートを渡し、「ありがとうございました」と頭を下げると、低い声が返ってきた。

「バカは黙ってフライパンを振ってりゃいいんだよ」

体中の血が凍り付く思いだった。喉（のど）の奥に、鉛の球でも突っ込まれたような気分だ。しかし相手は客である。どつくわけにもいかない。男が荒い足取りで出て行くのを頭を下げたまま見送った。ドアが閉まるのと同時に、ふつふつと怒りが湧いてきた。拳（こぶし）を握りしめていると、ふと視線を感じた。のっぽが呆（あき）れたような顔で見ていた。

「お騒がせしてすみません」

「別にいいよ。でも、あなたホントに自分をバカだって思ってるの？」

真顔で尋ねられ、言葉に詰まった。

「まあ……。漢字もろくに書けないのは本当だから」

のっぽは眉（まゆ）を八の字にした。

「手書きで漢字を書く機会なんて今時滅多にないでしょ。必要なときはスマホで変換したのを見ればいいし。それよりあなた、バカってものが分かってないね」

困惑しているとのっぽは続けた。

「料理って、創作だよね」

「そうですかね」

「そう」

レシピはあっても、季節や素材の状態に応じて工夫や微調整が必要だ。

「バカに創作はできない」

のっぽは断言すると、財布を取り出した。

「さっき食べた鱸（すずき）のポワレ、とても美味しかった。だから、あなたはバカじゃない」

よく分からない理屈だ。しかも真顔だ。どう反応していいか分からない。勘弁してくれと思ったが、温かいものが胸に広がった。


前の患者が診察を終え、会計をすませても、健太は問診表と悪戦苦闘していた。文章を書くなんて、滅多にないことだし、漢字は苦手だ。スマホの変換機能を駆使しながら、ようやく最後の質問にたどり着いた。

――症状が出るようになってから、周りの人との関係に変化はありましたか？　今後、関係をどのようにしたいですか。

この質問に答えなければと思った。だから、問診表を書こうと思ったのだ。

記入を終え、顔を上げると、待合室の入口に則子が立っていた。診察着のポケットに両手を入れ、壁に寄りかかっている。

則子は困ったように目を瞬くと、待合室に入ってきた。さっきまでレンが座っていた場所に腰を下ろし、静かに尋ねた。

「で、今日はどうした」

「いや、俺はいいんだ。相変わらずっていうか。それよりこの外来って……」

「私、呼吸器アレルギー内科にいたでしょ。開業医になったら化学物質過敏症を診ようと思ってたんだ。でも、過敏症ってほかにもいろいろあるじゃない。しかも、原因が分からなかったりで、なかなか難しいところがある」

「俺のケースみたいに」

則子はうなずいた。

「そう。だから、化学物質過敏症以外にも門戸を広げようと思ったんだ。手探りだし力不足も痛感してるけど」

すべての過敏症がそうだとは言わないが、炭鉱のカナリアのように、健康を脅かすものを教えてくれている患者が世の中にはいると自分は思っている。健太の味覚障害にも、何かの意味があるのかもしれない。

「本人にしてみれば、勝手なことを言うな、なんで自分が苦しまなきゃならないんだって思うよね。そういう人たちの力になれたらいいと思ってる」

則子は少し迷うそぶりを見せたが、淡々と続けた。

「ここに来てから、診察のスタイルも変えた。前に健太は言ってたよね。治せないくせに、適当なことを言って追い返そうとする医者に腹が立つ。患者を自分と対等な存在と考えていないから、そういう態度が取れるんだって。あれは、結構効いた。自分にもそういうところがあるかもしれないと思ったから」

今は一人の人間として患者と相対するように努めている。原因が分からなかったり治療法が確立していなかったりする疾患を診る医者に必要なのは、確信に満ちた専門家としての態度ではなく、患者と一緒に悩みながら前に進もうとする姿勢ではないだろうか。

いつになく熱っぽい口調で言うと、則子は眉尻を下げ、困ったような目をした。

「方向性は正しいと思ってる。ただ、弊害もあってね。素で話そうとすると、どうしても仕事用の口調にならないんだ」

「患者にも今みたいな話し方をしてるのか」

まさかと思ったが、則子は苦笑いを浮かべながら、うなずいた。

「面食らう患者さんも多いけど、割とすぐに慣れるみたいだし。とにかく、今、すごく充実してるんだ。お金は正直、苦しいけど」

健太は唇をかみしめた。

則子は、健太が作った借金を返すために、仕事人生を棒に振ったのだと思っていた。でも、そうではなかった。

胸のつかえが下りていくようだったが、確認せずにはいられなかった。

「病院の仕事のほうがやりがいがあったんじゃないか？」

だから叔父に後を継ぐように言われても断っていたのではなかったか。

「どっちもどっちだよ。ただ、開業医は基本的に一人だからね。もう少し経験がほしいと思ってた。予想外の展開で時期が早まったけど、結果的にちょうどいいタイミングだったと思ってる」

晴れ晴れとした顔でそう言うと、則子は真顔になった。

「で、健太はその後、どう？」

「ああ、うん……。よくも悪くもなってないかな」

ただ、状況には慣れた。失った金と自尊心も取り戻せるかもしれない。則子は力強く自分の道を進み始めた。自分も前を向きたい。二人で先に進みたい。

クリップボードの問診表に視線を落とした。最後の質問とその回答にもう一度目を通す。

正直に思うことを書いた。

――親身になってくれた妻を傷つけた。あやまりたい。許してくれたらやりなおしたい。

健太は視線を伏せたまま、クリップボードを両手で差し出した。

4章

夕食は、今日も玄米ご飯が主食だった。主菜は鰤の塩焼き、副菜はほうれん草の胡麻和えと薬味たっぷりの冷ややっこ。ぬか漬けと具だくさんの味噌汁の一汁四菜だ。

目加田武志は、満たされない気分で箸を動かした。

今の心境をＳＮＳに投稿しようものなら、世間から袋叩きにされるにちがいないが、もっとガッツリしたものが食べたかった。

食事を終え、食器を重ねていると、三歳になる娘の茉央を寝かしつけていた妻の朝美が戻ってきた。

「ごちそうさま。ぬか漬けなんてどうしたの？」

「母が持ってきてくれたんだ。お手製はやっぱり違うよね」

朝美の実家は、ここ大泉学園町から電車とバスを乗り継いで一時間弱の荻窪にある。

「お義母さん、漬物は塩分が高いから食べるなって言ってなかった？」

「塩分の問題はあるけど、発酵食品はすごく身体にいいんだって」

「そっか。美味（おい）しかったって伝えて。でも、たまには揚げ物や白米も食べたいな」

朝美は化粧けのない白い顔をしかめた。

「いつも言ってるでしょ。病気は予防が肝心」

「分かってるけど、ダイエットでもチートディを時々設けるのが長続きのコツだって言うし」

「それってダメ人間の言い訳だよ。それより、茉央のバイオリン教室、近くで探してみたんだけど」

警戒しながら、朝美が差し出すチラシを受け取った。大手楽器メーカーが経営母体。月に三度のレッスンで月謝は一万円弱。隣駅から徒歩三分の場所にある。ほっとしながらうなずいた。

「よさそうじゃない。体験入会してみたら？」

「よさそう？　私は全然ダメだと思う。母もそう言ってた。遠いけど、やっぱり母の友だちのお孫さんが通ってるっていう青山（あおやま）の教室に……」

「三歳児の習い事に月に五万も出せません」

「分かってる。だから父に頼んでみようと思って」

毎月三万円ほど援助してもらえれば、残りの二万は家計をやりくりして捻出（ねんしゅつ）すると朝美は言った。

義父は上場企業の役員だ。懐具合に余裕はありそうだが、分不相応な習い事の費用を出してもらうわけにはいかない。家計だってこれ以上どうやって切り詰めるというのか。中堅繊維メーカー経理部で課長補佐として得ている武志の給料は、同年代と比較して決して少なくないが、朝美が「健康的な食生活」にこだわるから、エンゲル係数が高めなのだ。

「近所の教室で十分だよ。プロを目指すわけじゃないんだし」

「目指したっていいでしょ。茉央はリズム感がいいし、音程だってしっかりしてる。本気でやれば可能性はあると思うのよ」

「外でそんな話、しないでね。親バカって言われるから」

朝美の眉が吊り上がった。

「子どもを信じて才能を伸ばすのが親の務めでしょ！」

正論と言えば正論だが、逆に問いたい。月五万円のバイオリン教室に通わせなければ、親として失格なのか？　そんなわけがないだろう。

朝美は、万事一流好みで意識が高い義母の影響を受けすぎだ。結婚前から多少そんな気はしていた。結婚して母親と離れれば、影響は薄れるだろうとタカをくくっていたのだが、むしろ逆だった。子どもが生まれたのを機に、子育ての相談と称して頻繁に連絡を取り合うようになった。庶民的な家庭、しかも田舎育ちの武志には、ついていけなくなりつつある。しかし、愚痴をこぼしてもしようがない。

重ねた食器を持って立ち上がった。対面式のカウンターキッチンのシンクにそれを運び、洗い始める。テーブルに頬杖をついている朝美に言った。

「僕としては茉央がひ弱なのが気になるんだ。楽器もいいけど、もっと身体を動かすようにしたらどうかな」

乳幼児健診で問題はみつかっていないが、肌は病的に白く、体格も同年代の子らと比べて弱々しい。引っ込み思案な性格でもある。

「運動系の習い事なら、バレエかな。母の友だちのお孫さんが最近始めたって言ってたから、後で聞いてみる」

朝美の提案に武志は首を横に振った。今の茉央に必要なのはキラキラした習い事ではない。

「外で友だちと遊ばせたいんだ。ピクニックやハイキングにも連れて行きたいし」

朝美はとたんに白けた表情になった。

「またその話？　必要ないよ。日光や紫外線は身体に悪いんだから。去年、ひどい目にあったのを忘れたわけじゃないわよね」

去年の夏、武志の実家がある上越の管理釣り場で、親戚一同で釣りとバーベキューをした。茉央は管理釣り場の一角にある子ども用の水浴び場で従兄弟たちとカエルを見つけて大喜びしていたが、その日の夜、手足に発疹が現れ、瞬く間に腫れあがったのだ。

実家近くの医院で診てもらったところ、はっきりとした原因はすぐには分からないが、日光に弱い体質かもしれないので様子を見るようにと言われた。幸い、症状は数日で収まったが、前々から日光や紫外線は身体に良くないと主張していた朝美は、それまで以上に茉央の外遊びを嫌うようになった。休日、朝美の反対を押し切って公園に連れ出すのがせいぜいだ。

あの時は焦った。かわいそうなことをしたとも思った。ただ、その後、特に症状は出ていない。過剰に心配する必要はないと武志は思っている。むしろ、茉央のためにならないのではないか。

「前に読んだ記事に、こんなことが書いてあったよ」

外で身体を動かし、ワクワク・ドキドキする体験は、子どもの脳の発達を促す。協調性や社会性も、他の子たちとの外遊びを通して身につく。骨を丈夫にするためにも、ある程度は日光を浴びたほうがいい。

「朝美が作ってくれる食事は完璧だけど、食事さえ完璧なら他はどうでもいいってわけでもないでしょ。時々でいいから、外遊びをさせてやってよ。習い事を考えるのはその後でいいじゃない」

「でも、母が……」

「お義母さんがいつも正しいって決まってるわけじゃない。ぬか漬け問題だって、言っちゃ悪いけど、見事な手のひら返しじゃない」

朝美は目を伏せた。武志の言葉を咀嚼（そしゃく）しようとしているようでもあり、不満を飲み込んでいるようでもあった。やがて顔を上げると、シャワーを浴びてくると言った。

「僕はちょっと飲もうかな」

好きにすれば、とでも言うように肩をすくめると、朝美は廊下に出て行った。

発泡酒を飲みながら、ソファでスマホをいじっていると、着信があった。大学時代のゼミ仲間、小塚梨乃（こづかりの）からだ。相互フォローしているＳＮＳに先月投稿された記事によると、米作りサークルに参加して、茨城県で農家の指導を受けながら、無農薬で稲作を行っているという。一キロ五百円で秋に販売されるその米を食べるのが今から楽しみだと書いてあった。

朝美にその話をしたところ、自分もその米を買いたいと言い出した。一キロ五百円というのは、無農薬米としては破格の安さなのだとか。早速梨乃にメッセージを送った。この電話は、その返事だろう。

通話ボタンを押すと、女にしては太い声が聞こえてきた。

「農家さんに聞いたら、基本オッケーだって。ただ、一度でいいから現地に来て作業に参加してほしいそうなんだ。顔の見える関係を大事にしたいからって」

「作業って、例えばどんな？」

「田植えは終わったから、次は除草だね。小さなお子さんがいる家族も参加するよ。目加田君もどう？　来週の日曜なんだけど」

是非行きたい。茉央にとって貴重な経験になるだろう。それに大義名分もある。

「家族で参加しようかな」

持ち物や服装、アクセス方法などをメッセージで送ると言うと梨乃は電話を切った。廊下との間のドアが開き、パジャマに着替えた朝美が入ってきた。濡れた髪をタオルで巻いている。

「例の田んぼやってる友だちから電話があった」

「お米、売ってくれるって？」

「その前提として、手伝いに来てほしいそうなんだ」

朝美が眉をひそめたが、構わず武志は言った。

「来週の日曜に草取りをするんだって。行ってみようよ。家族で参加する人もいるっていうし」

「武志一人じゃダメ？」

「三人で行きたい。一日外で過ごしたぐらいで病気になんかならないよ」

何か言いかけた朝美をさえぎった。

「無農薬米がほしいんでしょ。しかも、安く。なのに、除草は手伝いたくない。挨拶に出向くのも嫌だなんて、図々しすぎると思うけど」

意識が高いのは結構だ。でも、意識は全方向に向ける必要がある。そうしないと、知らないうちに誰かに無礼や不義理を働く羽目になりかねない。

「そういうの、好きじゃないんだ」

武志にしては珍しく力説すると、朝美は少し考えた後、うなずいた。

「武志の言うことは分かる。頭でっかちなのはよくないね。でも、茉央はまだ小さいし身体も強くないから、午前中だけでどうかな」

全面的ではないとはいえ、朝美が武志の意見を受け入れるのは珍しい。とてもいい兆候だ。

「オッケー。お昼を食べたら、帰らせてもらおう」

カーナビが目的地付近だと告げるのと同時に、手書きの立て看板が目に入った。

――除草イベントはこちら。

「着いたよ」

後部座席の朝美と茉央に声をかけると、草ぼうぼうの空き地に車を乗り入れた。道路と反対側にある田んぼの脇にタープテントが張ってある。その周辺で、老若男女十数人がたむろしていた。

　朝美が茉央の身支度を始めたので、一足先に外に出る。草のにおいが強くした。青い空には、絵に描いたような入道雲が広がっている。周りは見渡す限り田んぼだらけだ。遠くに山なみが見えた。高さが微妙に違う山頂が二つ並んでいるのが筑波（つくば）山だろう。

　降り注ぐ強い日差しに目を細めながら、車の後ろに回ってスライドドアを開けた。ビーチサンダルに履き替え、帽子をかぶると両手を頭の上で組んで大きく伸びをした。

　車内から茉央がぐずる声が聞こえてきた。

「我慢して。後で痛くなるから」

　車の中をのぞくと、朝美が茉央の腕に日焼け止めを分厚く塗っていた。義母がドイツから取り寄せている無添加の商品だそうだ。今日のように、強い紫外線を浴びそうなときには、普段の何倍もの量を塗りたくる。

　長そでと長ズボンを着せるのだ。日焼け止めを分厚く塗る必要はないと思う。かえって肌に悪いのではないか。

　そういえば朝美は、バーベキューの朝も今日と同じようなことをしていた。あのとき診てもらった医者は日焼けが原因かもしれないと言っていたが、武志は日焼け止めの使い方に問題があった可能性もあるとチラッと思ったのだ。

しかし、この場で口出しするのは控えた。こんな気持ちのいい場所で、口論なんかしたくない。

除草の主役は、田車という手押し車だった。車輪に爪が付いており、田んぼの中を押して歩くと、表面に生えている雑草が泥の中に練りこまれる仕組みだ。三台ある田車を大人たちが順番に押した。

その他の大人、そして子どもたちは、稲の根元付近の草を手で引き抜き、泥の中に深く埋めた。

武志は真っ先に田車を体験させてもらった。表面を撫でるように動かすのは簡単だが、泥をしっかりかき回すのはなかなか骨が折れ、十分ほどで音を上げ、交代してもらった。

茉央は最初のうち、タープの下にいる朝美のそばを離れようとしなかった。しかし、同じ年頃の子どもたちが気になるようで、武志が迎えに行くと、意を決したようにうなずき、田んぼまでやってきた。ビーチサンダルを脱ぎ、長ズボンを膝までたくし上げると、そろりと泥に足を踏み入れた。

「足、痛くない？」

茉央は、サングラスをかけたちびっこギャングのような顔を横に振った。

「じゃあ、やってみようか。このシュッとしたのが稲。秋になると小さな実をたくさんつけるんだ。それが茉央も毎日食べてるお米。ほかの草に邪魔されると、大きく育たない。だから、こうやって草を抜きます」

稲の株元に絡みつくように生えている草を引き抜いてみせる。次は茉央の番だと言うと、茉央は腰をかがめ、軍手をはめた手でイボクサをつかんだ。子どもの力でもするっと抜けた。両手で武志に向かって突き出す。

「よくできたね。稲も気持ちがよさそうだ」

茉央は嬉しそうに笑うと、すぐに次の株の根元に取り掛かった。いつの間にか腕まくりをしていた。日焼け止めを塗っているんだし、構うものか。泥まみれになる体験が子どもには必要なのだ。

しばらく作業を続けていると、小学生と思しき少女が近づいてきた。少女はマユと名乗ると、茉央に声をかけた。

「オタマジャクシをつかまえようってウチのパパが言ってる」

マユが指さしたほうを見た。田んぼの奥の端に男性が立っていた。武志に向かって会釈を送ってくる。

「カエルの赤ちゃんがいるんだって。茉央、行ってみようか」

茉央はこくりとうなずいた。今度はマユが武志を見上げる。

「オタマジャクシは黒いから、サングラスかけてると見えないと思う」

振り返り、朝美の様子をうかがった。タープの下で年配の女性と話し込んでいる。無農薬の米や野菜について情報交換でもしているのだろう。武志は茉央の顔からサングラスをはずし、自分のポケットに入れた。ついでに、泥まみれの軍手も外してやる。

茉央は、やや緊張した面持ちで女の子の後について歩き始めた。数メートル進んだところで、泥に足を取られたのか、派手に転んだ。悲鳴と水音、そして水しぶきが上がる。武志は慌てて茉央を抱き起こした。服が泥だらけだ。顔にも泥が跳ねている。

「痛いところはない？」

茉央は気丈な顔つきで首を横に振った。武志の手を振り払って立ち上がるとマユを見た。

「行こっか」

マユはほっとしたようにうなずくと、茉央の手を取った。手をつないでゆっくりと田んぼの奥へ向かっていく。二人の後を追おうとしたとき、背後から名を呼ばれた。

日傘を差した朝美が、近くまで来ていた。

「茉央なら大丈夫。泣いてなかったよ」

「ならいいんだけど」

朝美が心配そうに田んぼの奥に目をやった。二人は田んぼの奥側の畔に近い場所でしゃがんでいた。マユの父親の説明を聞きながら歓声を上げている。

朝美がスマホを取り出した。

「そろそろお昼だね」

茉央があんなに楽しそうにしているのに、そんなに帰りたいのか。はっきり言って興醒めだ。

茉央がこっちを見た。泥だらけの手を口元に当てて大声で呼ぶ。

「パパ、こっちに来て手伝って」

「オーケー、待ってて」

武志は朝美に背を向けると、田んぼの中を大股で歩き始めた。次の瞬間、尻もちをついていた。

茉央はオタマジャクシを五匹つかまえた。マユの父親によると、自宅の水槽で簡単に育てられるそうだ。せっかくなので武志もチャレンジしてみることにした。オタマジャクシがカエルに変態する過程を茉央に見せてやりたい。

昼食の会場は、田んぼのすぐそばにある農家の離れだった。

泥だらけになった参加者は、納屋の脇にある水道にホースとシャワーヘッドをつないだ簡易シャワーで順番に身体や顔を洗った後、おにぎりにかぶりつき、豚汁をほおばった。

外で食べる食事は、途方もなく美味しかった。田んぼでは不機嫌だった朝美も、ここでは楽しそうだった。また来る気になってくれればいいのだが。

後ろ髪を引かれながらも、気分よく帰途についた。異変は常磐自動車道に乗ってすぐに起きた。後部座席で茉央がぐずり始めたのだ。

「この服イヤ」

「家に帰るまで我慢して」

隣に座っている朝美がなだめる。

「かゆい」

ルームミラー越しに後部座席の様子をうかがう。茉央は長そでを嫌がっているようだった。しきりに前腕のあたりをこすっている。茉央の袖をまくった朝美が大きな声を出した。

「腕が真っ赤になってる。ブツブツもできてる。去年の夏と同じだわ」

脚も同じような状況で、頬も右側がやや赤いという。

朝美は上ずった声で言った。

「こうなると思ってた。だから、日に当たらせるのは嫌だったのよ。武志が腕まくりなんかさせるし、母が用意してくれたサングラスもはずしちゃうし」

茉央のことはもちろん心配だ。しかし、朝美の言い分には納得できない。日焼け止めをあれだけこってり塗ったのだ。腕まくりをしたからといって、水ぶくれができるほどひどい日焼けをするとは思えない。むしろ、日焼け止めの塗りすぎでかぶれたのではないか。

「次のサービスエリアに入ろう。水で洗ったほうがいい」

「それより東京に戻って。休日診療してくれる小児科で皮膚科もやってるところを探すから」

サービスエリアの入口の標識が見えてきた。武志はウィンカーを出した。

「ちょっと、武志！」

声を張り上げる朝美を無視して、サービスエリアに車を進めた。


サービスエリアのトイレの洗面台で患部を洗って冷やしたのがよかったのだろうか。都内に入るころには、発疹（はっしん）はだいぶひいていた。茉央は朝美の膝に上半身を預け、軽い寝息を立てている。このまま直帰して、様子をみてもいいと思ったが、朝美に即座に却下された。医者に見せないと安心できないという。

朝美がみつけた新宿区内のクリニックの前で二人を降ろし、適当な場所で路上駐車を繰り返しながら診察が終わるのを待った。約二時間後、スマホに着信があった。

早速迎えに行くと、朝美は険しい表情だった。茉央は眠いのか、しきりに目をこすっている。二人が後部座席に収まるのを待って尋ねた。

「どうだった？」

「最悪」

今日一日の行動を説明し、日焼けが原因だと思うと伝えたところ、それは医者が決めることだと言われたのだという。ではどうなのかと問うたところ、そうかもしれないし、別の原因があるかもしれない。いずれにせよ、症状は収まってきているので心配ない。一応薬を出しておく。そんなふうに言われたそうだ。

「確かに嫌な医者だな。でもまあ、症状が収まってよかったよ」

「まあね」

ルームミラー越しに朝美を見た。眉間（みけん）に深い皺（しわ）を刻んで、処方してもらった薬の添付書類を読んでいた。

帰宅すると、寝ぼけ眼（まなこ）の茉央をリビングのソファに寝かせた。腕や脚の発疹は、ほとんど目立たない。うっすらと赤くなっているのが分かる程度だ。

朝美が夕食の支度を始めたので、武志はまずはオタマジャクシを田んぼの水や水草と一緒にバケツに移した。長時間、袋の中に閉じ込めていたが、途中何度か袋の口を開けて空気を入れたのがよかったのだろう。元気にバケツの中を泳ぎ回っている。明日、ターミナル駅近くのホームセンターに寄って水槽や餌を買ってこよう。

バケツをベランダに出すと、今度は泥だらけになった自分と茉央の服を持って浴室に向かった。洗濯機に放り込む前に、下洗いをしたほうがいいと思ったのだ。

作業を終えてリビングに戻ると、カレーのにおいが漂っていた。朝美は冷蔵庫から味噌の容器を取り出しているところだった。市販のルーは使わず、味噌を使ってコクを出すのが朝美流だ。

炊飯器の表示をチェックすると、炊きあがりまでまだ三十分はかかりそうだった。鍋をかき回している朝美の背中に声をかけた。

「ご飯の前に茉央にシャワーを浴びさせようか」

そうしないと、薬も塗れないだろう。

「シャワーはお願い。でも、薬はいらない。もう捨てちゃったし」

「えっ、どういうこと？」

「説明書を読んだら危なそうな成分が入ってたの。母に電話で確認したら、そんなもの使っちゃダメだって」

「平気でしょ。お医者さんが出してくれたんだから」

「あの医者、ヤブよ」

「態度が悪いだけでしょ。お義母さんに何を吹き込まれたか知らないけど、いい加減にしなよ」

朝美は顔を歪めた。

「武志は分かってない。とにかくあの薬は使わないほうがいい。症状はだいぶ収まったし、天然アロエの化粧水をつけておけば十分。でも、今後は日光にもっと気を付けないとね。予防に勝る治療なしだって母も言ってた。幼稚園も、外遊びをしないところを探してみようかな」

そんな幼稚園が存在するのだろうか。いや、それ以前の問題として朝美の考えは極端すぎる。義母に洗脳されているようでもある。

「それより皮膚科で診てもらおうよ。日光に弱いかどうか検査してもらうんだ。日光以外に原因があるなら、外遊びを避ける必要もないわけだし」

「皮膚科は信用できないよ。あんな薬を平気で出すんだもの」

いい加減にしろと怒鳴りたくなるのを抑え、武志は言った。

「日焼け止めにかぶれたってことはないかな。去年のバーベキューでも、塗りたくってたじゃない。あれ、とりあえず止めてみたら？」

「ひどいことを言うね。母がわざわざドイツから取り寄せてくれたものなのに。っていうか、どうして外遊びに固執するの？　私、武志の考えについていけない。武志が茉央の健康のことをちゃんと考えてくれないのなら、実家に帰ろうかな」

冗談かと思ったが、朝美は真顔だった。朝美が泣きつけば、義母は二つ返事で了承するだろう。義父は、いわゆるワーカホリックで家では義母の言いなりだ。しかも、現在海外に赴任中だ。

朝美は意地悪な笑みを浮かべた。

「武志もそのほうがいいんじゃない？　一人でトンカツでもラーメンでも食べればいいよ。カレーに味噌を入れるのも嫌なんでしょ」

「そんな話してないでしょ」

「前に言ったじゃない」

武志はため息をついた。今の朝美に何を言っても無駄だ。

背後で茉央の声がした。うたた寝から覚めたようだ。

「この話は、今日はここまで。とりあえず、茉央にシャワーを浴びさせてくる」

そう言うと、武志は踵を返した。

月曜の朝、着替えてダイニングキッチンに入ると、いつもテーブルに用意されている弁当がなかった。武志の分だけ、朝食もなかった。兵糧攻めにするつもりのようだが、朝から口論をする気力も時間もない。夜に話し合おうと思いながらそそくさと家を出た。

その日は、定時に退社した。乗換駅の池袋でホームセンターに寄って、小型の水槽とオタマジャクシの餌、水道水のカルキを抜く薬剤、水草などを買った。大荷物になったので少し迷ったが、百貨店の地下にも寄って、宮崎産のマンゴーを買った。高級マンゴーは、朝美の好物なのだ。

「ただいま」と声をかけながら自宅のドアを開けるなり、はっとした。いつもは玄関に出しっぱなしになっている茉央の靴がなかった。嫌な予感を覚えつつダイニングに駆け込むと、テーブルに書き置きがあった。

「荻窪に行きます」

実家に帰るというのは、冗談でも脅しでもなかったようだ。

水槽が入ったレジ袋をリビングの隅に置いた。寝室の所定の場所にビジネスバッグを置くと、マンゴーの入った紙袋を手に、玄関に向かった。二人を迎えに行くつもりだった。

スニーカーの紐を結んでいると、スマートフォンに着信があった。朝美かと思ったが、表示されていたのは、梨乃の名前だった。

わざわざ電話をかけてくるのは、何か話があるからだろう。通話ボタンを押すと、意識的に明るい声を出した。

「昨日はありがとう。おかげさまで楽しかった」

「こちらこそ。実はオタマジャクシについて、伝えたいことがあって電話したんだ」

自然の生き物を持って帰ったのはまずかったか。しかし、そうではないと梨乃は言った。

「昨日の報告を会にメールで流したら、欠席したメンバーから指摘が入ったんだ。カエルやオタマジャクシには毒があるから、触ったら石鹸（せっけん）で手を洗ったほうがいいらしいよ」

それを聞いてはっとした。茉央の発疹（はっしん）は、オタマジャクシの毒が原因ではないだろうか。余計な心配をさせたくなかったのでカマをかけてみた。

「かぶれたりするのかな。だったら飼うのはよそうかな」

「そこまで心配する必要はないと思う。手を洗わないで目をこすったら炎症を起こすとかその程度のようだから。そもそも、いじくりまわすものでもないしね」

それもそうだ。触らないように言い聞かせ、水の交換などは自分がやれば危険はないだろう。

「気を付けるようにする。情報、ありがとう」

電話を切るとき、決めた。毒のことは朝美に黙っていよう。知らせたら危ないと騒ぎ立て、オタマジャクシを捨てろと言い出すだろう。それでは茉央がかわいそうだ。

スマホをポケットにしまうと、十分前に入ってきたばかりの玄関を出た。

バス停でバスを待っていると、再び着信があった。発信者の番号が表示されているが、登録されていない番号だ。出てみると、義母からだった。

「あ、どうも。朝美と茉央、そっちにお邪魔してますよね。迎えに行こうと思うんですが」

「その必要はないわ。今日はこっちに泊めるから。明日は帰すようにするから構わないでしょう？」

喧嘩（けんか）の内容は、朝美から聞いた。茉央のことをまずは考えるべきだ。この後、朝美と二人で善後策を話し合うと義母は言った。話し合いというより、洗脳するつもりではないか。嫌な予感しかしない。

「誤解があるような気がします。僕は何が何でも外遊びをさせろなんて言ってません。茉央が日光に弱い体質なら、可能な限り外は避けたほうがいい。でも、そうと決まったわけではないですよね。例えば、他のものにかぶれた可能性もあるわけで」

例えば日焼け止めとか、という言葉を飲み込んで続けた。

「まずはお医者さんで検査を受けさせたほうがいいと思うんです」

「そうよね。私、基本的には武志さんの意見に賛成」

「えっ？」

「日光が身体に悪いのは間違いないけど、子どもを家に閉じ込めるのもよくないみたいね」

新たな知識を仕入れ、主張を変えたのだろうか。ぬか漬け問題のときのように。だとしたら朗報だ。しかし、すぐにそうではないと分かった。「大事なのは、医者選びだ」と義母は言い出したのだ。

「昨日はネットでみつけた適当なクリニックに駆け込んだんですって？　だから危ない薬を出されるのよ。名医を探さないと」

そんなはずはない。ゴミ箱から薬を回収してネットで検索してみたのだが、その薬はごく普通に使われているものだった。危ないと言っている人が皆無ではないようだが、副作用がゼロの薬などこの世に存在しない。しかし、義母は武志に口をはさむ隙を与えなかった。

「今どきの一流のお医者様は、身体に優しい漢方を取り入れているんですって。食事療法や温泉療法なんかも組み合わせてね。私のお友達に詳しい人がいるから、聞いてみるわね」

勘弁してくれ。健康に対する意識が高かったり一流好みなのは、本人の価値観の問題だ。でも、現代医療を否定したら命に関わる恐れがあるのだ。

反論の言葉を探していると、朝美たちが風呂から上がったようだと言って義母は電話を切った。

吉祥寺行きのバスがやってきた。迷ったが、バスを見送り、踵を返した。

義母は興奮しきっている。今、何を言っても耳を貸さないだろう。朝美だって同じようなものだろう。まずはこっちの考えを整理しよう。そしてうまく伝える方法を考えなければ。

そんなことを思いながら交差点を渡った。すぐ目の前に武志がたまに利用する保泉クリニックがあった。直近では昨年、感染性胃腸炎の治療で世話になった。その時にはおそらくなかった「特別外来（毎週水曜午後）のご案内」という貼り紙がドアに貼ってある。

――過敏症の人のための外来です。身の回りの微量な化学物質に反応する化学物質過敏症はもちろん、その他の過敏症にも対応します。その辛さ、あなただけのものではないかもしれません。一緒に考えましょう。

院長・保泉則子

武志が診てもらっていた院長は高齢の男性だった。代替わりをしたのだろうか。

それはともかく、特別外来というのが気になった。水曜の午後限定。主な対象疾患は、化学物質過敏症と書いてある。

日焼け止めにかぶれるのは、化学物質過敏症だからだろうか。茉央は、化学物質に敏感な体質なのかもしれない。

貼り紙の前で考え込んでいると、クリニックのドアが開き、ユニフォーム姿の小柄な男性が出てきた。年は二十代の半ばぐらいだろう。目を見張るぐらいの美形だ。

診療終了という札をドアにかけると、男性は人懐っこい笑みを浮かべ、会釈を送ってきた。

「特別外来に興味があるんですか？　あいにく予約がいっぱいで、最速でも再来週になりますが、予約を取りましょうか」

武志は慌てて首を振った。

「ちょっと気になっただけです。日焼け止めも、化学物質過敏症の原因になったりするのかなって」

ふいに背後から声がした。

「レン君、どうした？」

「あ、先生。ちょうどよかった」

振り返ると、大きなショルダーバッグを肩にかけたのっぽの女性が立っていた。スニーカータイプのスリッポンを履いているのに、視線の高さが身長百七十五センチの武志と変わらない。唇をへの字に曲げ、探るように武志を見た。彼女が保泉則子医師のようだ。

「この方、化学物質過敏症の疑いがあるそうです」

症状があるのは自分ではなく娘なのだと言おうとしたが、その前に保泉がレンに声をかけた。

「相談室に入ってもらって。予約は当分埋まってるけど、今なら時間があるから」

レンは笑顔を作ると武志を促した。

「よかったですね。さあ、どうぞ」

ずいぶん強引だ。押し売りされた気がしないでもない。でも、渡りに船とはこのことかもしれなかった。地元で長く営業を続けているクリニックだから、ぼったくられる心配はないだろう。

相談室には、六人掛けのテーブルのほか、ホワイトボードが置いてあった。所定の用紙に名前と連絡先、症状を記す。渡した紙をろくに読みもせず、保泉はいきなり切り出した。

「で、今日はどうした」

「僕じゃなくて、三歳の娘なんですが」

保泉が眉（まゆ）を寄せて首をひねった。

「なんで本人を連れて来ないの」

前に朝美が腹を立てていた新宿の小児皮膚科医に匹敵する無礼さだ。強引に引っ張りこんだのはそっちだろうに。そうは言っても、せっかくの機会だ。殊勝な態度で頭を下げた。

「すみません」

「まあいいや。こっちから声をかけたわけだからね。今日は無料で相談を受けるって形にしとく。で、お嬢さんはどうしたの」

去年の夏、そして昨日の出来事を簡単に説明した。途中でレンがそっと入ってきた。保泉の隣に腰を下ろし、メモを取り始める。

「妻は、日光や紫外線が原因だと決めつけてます。でも、僕にはそうは思えません。それより妻が娘に塗っている日焼け止めに問題があるんじゃないかって思っています。どっちの日も、尋常ではない量を塗っていたので」

保泉は首をポキポキと鳴らすとうなずいた。

「日焼け止めを使いすぎるのはよくないね。それが原因で接触性皮膚炎を起こしたのかもしれない。ただ、そうと決まったわけではないし、目加田さん、あなたのほうも、日光が原因ではないと決めつけないほうがいいよ。皮膚科は専門外だからはっきりとは言えないけど、光線過敏症の可能性は確かにあると思う」

いわゆる日光アレルギーだと保泉は言った。

「いろんな発症パターンがあるんだ」

日光が当たるだけで、発疹などの症状が出る人がいる。茉央の場合は、状況から考えて、このタイプではなさそうだ。

その一方で、日光と他の要因が組み合わさって、発症する人もいる。ある成分を含む湿布を貼った箇所に日光が当たると、症状が現れるケースが有名だが、他にもいろんなパターンがある。特定の薬や食べ物が体内に入ったとき、あるいは、ある成分を含む化粧品を塗った後に、日光を浴びると症状が出る人もいる。

それだ。直感的にそう思った。日焼け止めを塗りすぎたところに、紫外線が当たり、症状が出ているのだろう。

勢い込んでそう言うと、保泉は苦笑した。

「さっき言ったよね。原因を決めつけないほうがいいって。あいにく私は皮膚科については経験があまりなくてね。小児皮膚科で相談してみるといいと思う。原因が分かれば、なるべく接触しないようにするとか、対策が取れるでしょ。紹介しようか？」

武志は視線を落とした。結局は皮膚科に行かなければならないのか。それが難しいから悩んでいるのだが。

この際、率直に事情を話してみようか。保泉なら、率直な意見を返してくれそうだ。

「実は妻が普通の皮膚科に行きたがらないんです」

「どうして」

「出される薬が危険だと思い込んでいて」

薬の名を上げると、保泉が眉を八の字に下げた。

「ちょっと意味が分からない」

「その薬に限らず、薬があまり好きではないようで、なるべく使わない、使っても漢方薬が中心の先生を探して、そこへ娘を連れて行くと言っていて……」

保泉は呆れたような目をした。

「目加田さんは、それでいいと思ってるわけ?」

「いや、僕は……」

「あなた、父親でしょ。娘が適切な医療を受けられていないと思うなら、言うべきことをビシッと言わないと」

武志は唇を嚙んだ。その通りだ。話が通じないからといって匙を投げるわけにはいかない。でも現実は厳しい。あの二人をどうやって説得すればいいのだろう。

それまで黙っていたレンが口を開いた。

「過敏症って、身体の問題だと思っていました。でも、それだけではないのかも」

「レン君、それ、どういう意味?」

「目加田さんの奥さんも、奥さんのお母さんも、情報に過敏なのでは？　それはそれで辛いと思います。いろんな情報にいちいち反応しちゃうわけだから」

　武志には思いもよらない考え方だった。でも、その通りかもしれない。少なくとも、朝美は悩み、苦しんでいるように見える。

　保泉はしばらく眉を寄せていたが、やがて組んでいた脚を床に下ろすと背筋を伸ばした。

「確かにそうだ。そういうことなら、私が奥さんと話してみようか」

　保泉もレンの言葉に感じるものがあったようだ。

　武志はうなずき、頭を下げた。朝美が応じてくれるかどうか分からない。でも、働きかけてみよう。簡単にいくとは思わないが、手をこまねいているわけにもいかない。

　朝美は次の日、自宅に戻ってきた。その日のうちに朝美に、保泉クリニックに一緒に行こうと提案した。

　——日光アレルギー、光線過敏症っていう病気があるんだ。それかもしれないと思う。保泉クリニックの院長が過敏症を診てくれるらしいので、話を聞いてみようよ。

　そんなふうに言ってみたのだが、朝美の反応は冷淡だった。近所のクリニックの医者なんか三流に決まっているから、話を聞く価値などないというのだ。

朝美の関心は、名医探しに移っていた。毎日のように母親と連絡を取り合いながら、薬をなるべく使わない小児皮膚科の医師の情報をかき集めている。

昨夜は、沖縄のクリニックにいい先生がいるらしいと言い出した。沖縄に通院するとなったら、いったいいくらかかるのか想像もつかない。義母が金を出すつもりなのかもしれないが、彼女たちがいう「名医」が、本物の名医だとは武志には思えなかった。

そんなことを口にすれば、今度こそ朝美はこの家を出て、実家に引きこもるだろう。それだけは避けたかったが、時間の問題かもしれなかった。朝美が武志より母親を頼りにしているのは間違いない。出て行かれる前に、なんとか彼女を保泉のもとに連れて行きたかった。朝美を下手に刺激しないように気をつけながら、しかし粘り強く説得を続けるほかない。

それにしても、茉央がいたたまれなかった。朝美は雨の日以外は外遊びどころか、外出そのものを茉央に禁じた。「名医」に診断してもらうまでは、我慢させるのだという。こんなことになるなら、茉央を田んぼになど連れて行くのではなかった。

唯一正解だったのは、オタマジャクシを捕ってきたことだ。幸いにも五匹とも武志が設置した水槽ですいすい泳いでいる。茉央にはオタマジャクシに触らないように言い聞かせた。餌をやるとき以外は水槽の蓋も閉めているので、毒の心配はないだろう。

そもそも、心配しなくてはならないような毒でもないのだ。

オタマジャクシをガラス越しに見るだけでも、茉央は楽しそうだった。水槽が置いてあるサイドボードの前にダイニングチェアを引っ張っていき、それに乗って水槽を何時間でも見ている。先日は、オタマジャクシの後ろ足が生えたのに、自ら気づいた。褒めてやると、照れくさそうに笑っていた。

朝美もオタマジャクシの水槽を嫌がる様子はなかった。むしろ、お洒落だと言って喜んでいる。実際、武志がネットの指南書を見ながら作り上げた水槽は、なかなか見栄えがよかった。田んぼから持ってきた水草はすぐに枯れてしまったが、ホームセンターで買った何種類かの水草は、うまく定着し、ちょっとしたアクアリウムのようである。

ただし、オタマジャクシにとって万全の環境というわけではなかったようだ。ある日、オタマジャクシが水面に浮いていた。何が悪かったのかは分からない。

子どもにとって、ペットの死と向き合うのも貴重な経験だろうと思い、日が沈むのを待って、ベランダのプランターの土に死骸を埋めた。朝美はそんなところに埋めるなんてと顔をしかめたが無視をした。朝美がプランターに植えていたハーブは、とっくの昔に枯れている。ペットの死骸をゴミ箱に捨てるのは論外だし、公園や植え込みに勝手に埋めるのもまずいだろう。

茉央と二人そろって手を合わせた後、「こうしてお祈りすると、オタマジャクシは空の星になるんだよ」と教えたら、茉央は真剣な顔をしてうなずいていた。

　そんな具合に、茉央の様子に気を配りつつ、朝美の説得を続けていたのだが、マンションの一室からほとんど出ない生活をいつまでも茉央にさせるわけにはいかない。保泉に頼んで家まで来てもらおうか。そんなことを考え始めたある日、最寄り駅からバスに乗ろうとしているところで、朝美から電話がかかってきた。

「すぐに帰ってきて。茉央にまた発疹が出たの」

狼狽したような声で言う。

　十分ほど前に、手が赤っぽいなと思ったら、そのあとすぐに発疹が両腕に現れた。前回、前々回よりも、その数は多く、瞬く間に腕は真っ赤に腫れあがってしまった。そればかりか、高熱も出ているという。

　電話越しに、茉央が泣き叫ぶ声が聞こえてくる。

「茉央ちゃん、茉央ちゃん！」

　ヒステリックに茉央の名を呼ぶと、朝美は泣きながら自分のせいだと言った。

「買い忘れたものがあったから、茉央に一人で留守番をさせて外に出たの。帰ったら、茉央がベランダで遊んでて……。鍵を開けられるなんて、知らなかった」

　夕方だったとはいえ、西日が強かった。室内で過ごすからと油断して日焼け止めも塗っていなかったからこんなことになったのだ。母親失格だと言って、朝美は泣いた。

スマホを握りしめ、武志は奥歯を噛み締めた。朝美一人のせいではない。自分にも責任はある。しかし、今は反省より行動だ。

「朝美、落ち着いて。茉央を小児科に連れて行くんだ。乳幼児健診でお世話になった先生のところがいいと思う。いったん電話を切るよ。開いてるかどうか、僕が電話で確認する」

「あんな三流クリニックじゃダメよ」

この期に及んでまだそんなことを言うのかと腹が立ったが、その小児科に皮膚科は併設されていなかったような気がする。

「じゃあ、救急車だ。僕が呼ぶ。気をしっかり持って。茉央を助けられるのは朝美しかいないんだ」

武志は電話を切った。そして震える指で119と押した。


茉央が搬送されたのは、小児科がある地域の中核病院だった。武志は救急車が到着してから十分後に病院に駆けつけた。

茉央は抗ヒスタミン薬とステロイドの塗り薬を使った治療を受けた。あれほど薬の使用を嫌がっていた朝美だが、異を唱える余裕もなかったようだ。

いた。

処置を受け、症状が落ち着き始めたものの、念のために一晩入院して経過観察をすることになった。小児病棟の四人部屋に空きベッドが一つあったので、そこに落ち着いた。

付き添いは一人しか認められないというので、武志はタクシーで自宅に戻った。途中で、スマホに着信があった。

時刻は夜九時を廻ったところである。義母かと思ったが、知らない番号だった。こんな時にと思ったが、こんな時こそ出るべきかもしれないと思い、通話ボタンを押す。

「で、その後、奥さんはどうなった」

保泉だった。武志から連絡がないので、電話をかけてきたようだ。

「実は今日、またあの症状が出たんです。救急搬送して処置をしてもらったので、もう心配はないそうですが」

経過観察で一晩入院することになったが、自分は自宅に戻る途中だと言うと、「奥さんは病室で付き添い？」と保泉は尋ねた。

「そうです」

「今からおたくに伺っても構わないかな」

「それはどういう……」

「お嬢さんはベランダを除けば部屋から一歩も出ていないんだよね。なのに症状が出たということは、部屋の中に原因となった何かがあるってことだと思うんだ」

　それを探してみようと保泉は言った。

　その発想はなかった。でも、確かにその通りだ。というか、診察費用さえ一度も払ったこともないのに、そこまでしてくれるのか。初めて会った日、心の中だけとはいえ、のっぽだの無礼だのと中傷してしまって悪かった。

　感激で言葉も出ないのに、保泉はいつもと同じ不愛想な声で言った。

「レン君にも声をかけていいかな。勉強熱心な子だし、目加田さんに声をかけたのも彼だから」

「もちろんです。よろしくお願いします」

　三十分後に二人で行くと言うと、保泉は電話を切った。いつの間にか自宅マンションは、すぐそこだった。長い一日だと思いながら、武志はタクシーを降りた。

　寝室の定位置にビジネスバッグを置くと、すぐにリビングルームへ行った。保泉たちが到着するまでにまだ時間がある。それまでに、原因となったかもしれないものを探してみようと思ったのだ。

　部屋を見回すと、すぐに異変に気づいた。朝美は気が付かなかったようだが、水槽の蓋が少しずれていたのだ。

水槽のそばに寄ると、水滴も散らばっていた。餌をやるのは、朝に一度と決めているのにどういうことだろうと思いながら、水槽の中をのぞき込んだ。オタマジャクシがすいすい泳いでいる。いつの間にか、前足も生えかかっていた。一匹、二匹、三匹……。数えているうちに、嫌な考えが頭をよぎった。水草を掻(か)きわけてみたが、四匹目はみつからなかった。武志は目を強く閉じた。

ベランダのプランターを掘り返せば、何が起きたのかはっきりするだろう。しかし、その気力が出ない。その必要もないだろう。水槽の中のオタマジャクシが溶けてなくなるわけがないのだから。

武志は、茉央が踏み台として使っている椅子に座り、頭を抱える。胸が締め付けられるように苦しかった。

茉央は、水槽を見ているうちに、オタマジャクシがまた一匹死んでいるのに気づいたのだろう。それを水槽から取り出して、ベランダのプランターに埋め、小さな手を合わせたにちがいない。父親である自分に教わったことを忠実に実行したのだ。その結果、西日を浴び、ひどい発疹に見舞われた。

そこまで考えて、武志ははっとした。

日光だけが原因ではないかもしれない。オタマジャクシには、毒があるのだ。武志は割(わ)り箸(ばし)で死骸(しがい)を水槽からつまみだしたが、茉央にはそんな真似はできない。両手を水槽に突っ込み、死骸を大切に取り出したものと思われた。

今回発疹が出たのは、両腕だけだった。水槽に足を突っ込めるわけがないから当然だ。逆に言えば、田んぼでは手足に発疹が出た。オタマジャクシがいる水の中を歩き回ったせいだろう。最初に発症したときも、管理釣り場でカエルをみつけて喜んでいた。

日光も関係あるのかもしれない。でも、一番の問題はオタマジャクシの毒だ。なのに自分は、朝美が塗りたくる日焼け止めが原因だと思っていた。彼女を責めたこともある。でも、そうではなかった。外遊びや自然とのふれあいが大切だと言い張り、茉央を外に引っ張り出した自分が悪いのだ。

このことを知ったら、朝美は烈火のごとく怒るだろう。外遊びなんかさせるから、こんなことになるのだと言って。

外遊びに関しては武志にも言い分はあるが、オタマジャクシに毒があるのを知っていながら、朝美に隠していたことについては、言い訳のしようがなかった。

チャイムが鳴った。保泉たちが着いたのだろう。もう原因は分かったのだし、誰にも会いたくなかったが、追い返すわけにもいかない。

武志は足を引きずるようにして玄関に向かうと、ドアを開けた。

懺悔とは、こういう言動を指すのだろうかと思いながら、武志は保泉とレンにオタマジャクシが原因だと話した。

「明日、今日診てもらった小児皮膚科の先生に話します。もちろん、妻にも……」

ソファに並んで座った凸凹コンビは、顔を見合わせ、首を傾げていた。

保泉が口を開いた。

「私が不勉強なのかもしれない。でも、どうもピンとこないね。毒といってもそこまで強くはないと思うんだ」

「でも、状況から考えて、そうとしか考えられないんです」

レンが水槽に歩み寄った。水槽をのぞき込むと目を輝かせた。

「足も手も生えてる。かわいいなあ。でも、水質が合わなくて二匹は死んだんですよね」

「残った三匹も明日、処分します。茉央を苦しめた元凶が、のうのうと水槽で泳いでいたら、妻は激怒すると思うんです。僕も不愉快だし」

保泉も立ち上がって水槽のそばに行った。

「ああ、ホントだ。もうすぐカエルだね」

保泉はしばらくの間、水槽の中を凝視していたが、突然蓋をずらすと、水の中に手を突っ込んだ。

細長い葉の水草を取り出し、水槽の蓋の上に置くと、その画像をスマホで検索するようにとレンに指示をした。

レンは怪訝（けげん）な表情を浮かべながらも、スマホを取り出した。水草を撮影した後、しばらくスマホをいじっていたが、やがてうなずいた。

「コブラグラス、だと思います」

「何科の植物か分かる？」

「えぇっと、セリ科ですね」

そう言った次の瞬間、レンの目が輝いた。

「そうか。これですね。セリ科の植物なら、田んぼにも管理釣り場にも普通に生えていそうだ」

保泉がうなずく。

「その可能性はありそうだね。目加田さん、担当してくれた小児皮膚科の先生に報告したほうがいいと思う」

話がよく分からなかった。武志は水槽に歩み寄った。レンが問題の水草を手渡してくれた。細長い葉っぱがついている、なんの変哲もない水草に見える。

保泉が説明を始めた。

「光線過敏症を引き起こすものの一つに、セリ科の植物があるんだ。ちなみに、お嬢さんはニンジンやセリを食べて症状が出たことはあるの？」

「いえ」

「それなら、触ったときにだけ症状が出るのかもね」

「あの……。オタマジャクシは？」

「関係ないんじゃないかな」

　毒について朝美に黙っていたことに、罪悪感を覚えていたので、少しほっとした。

「でも、僕は外遊びや自然との触れ合いに固執しました。そういう僕の考えこそが問題だったわけですよね。娘や妻になんといって詫びればいいのか」

　レンが笑みを浮かべた。

「目加田さんは自分を責めすぎです。むしろ、褒められてもいいんじゃないですか。水槽の蓋がずれているのに気づかなかったり、オタマジャクシが減ったのは共食したせいだろうなんて決めつけていたら、水槽の中に原因があると誰も気づかなかったと思います」

　保泉がうなずいた。

「そうだね」

　セリ科の植物との接触が、光線過敏症の原因だと分かれば、接触しないように気をつけられる。

保泉は珍しく目に力をこめた。まっすぐに武志を見て言う。

「お嬢さんは大変な思いをしたけど、状況はよくなったはずだよ。今回のことで奥さんの医療不信も薄れたんじゃないかな。そうでないようであれば、目加田さん、今度こそしっかり奥さんと話をしたほうがいいね」

保泉の言う通りだ。そして朝美と話す際には、レンが言っていたことを思い出そう。朝美は、洗脳されているわけでも、無知なわけでもない。情報に鋭敏に反応してしまうのだ。義母だって同じようなものだろう。本人の責任がないとまでは言わない。でも、責めるだけでは、事態がこじれるばかりだ。

レンがポンと手を叩いた。

「目加田さん、水道水のカルキを抜く薬品ってありますか？」

「あるけど、どうして？」

「これから水槽の水替えをしましょう。明日、お嬢さんが戻ってくるのに、問題の水草を放置はできないでしょ」

問題の水草を水槽の中から一掃し、水を替え、三匹のオタマジャクシは飼い続けたらいいとレンは言った。

「カエルになるところを見てもらいたいじゃないですか」

そうだ。その通りだ。

「目加田さん、バケツはどこ？」

保泉が不愛想な声で言った。通常運転に戻ったようだ。それでも手伝う気はあるのだなと思ったら、久しぶりに笑えてきた。

初対面での印象はよくなかったし、ぶっきらぼうな話し方には今も違和感がある。でも、保泉ほど親身になってくれた医者はいない。近くにあのクリニックがあって本当に良かったと思いながら武志はバケツがしまってある納戸へ向かった。

5章

駐車場に社用車を停めると、胃が痛み始めた。そういえば、昼にコンビニエンスストアのイートインスペースでおにぎりとカップ麺(めん)を食べた後、胃薬を飲むのを忘れていた。

馬場(ばば)研人(けんと)は助手席に投げ出してあったバックパックからドラッグストアで買った胃薬を取り出した。昨日から飲み始めたが、効果が今一つ実感できない。

スマートフォンに着信があった。胃がギュッと縮まる。

またあの男が電話をかけてきたのだろうか。

無視してやろうかと思ったが、着信音のメロディーは業務用ではなく、私用のスマホのものだった。ポーチから端末を出して確認する。車検業者からだ。どうせ営業電話だ。放っておこう。ペットボトルの水で薬を飲み下すと、運転席のドアを開けた。

このところ天気がすっきりしない。秋の長雨というやつだ。今日も正午ごろから降り始めた雨は、本降りに変わっていた。バックパックから折り畳み傘を出して広げる。

骨が二本も折れていた。恰好悪いが、濡れるよりはマシだろう。馬場は、徒歩五分ほどのところにある本社に向かって歩き始めた。

前方からミニチュアシュナウザーを連れた中年女が歩いてくる。レインスーツ、レインシューズに大きな傘という「雨の日三点セット」をフル装備している。散歩させないと排泄しないのだろう。馬場家の柴犬、ポン太もそうだ。雨でも雪でも散歩は欠かせない。

シュナウザーが足を止め、電柱に放尿し始めた。すぐそばにある戸建ての住人が家から出てきたら、ひと悶着ありそうだ。

女性と目が合ったので、「大変ですね」という思いを込めて笑いかけてみた。女は目を見開き、怯えたような表情を浮かべると馬場に背中を向けた。水を跳ね上げながら早足で去っていく。かんじが悪いおばさんめ。

そういえば妻が言っていた。作業着姿のおっさんは汗、埃のにおいに加えて加齢臭がするので、女性に嫌われるのだそうだ。

作業着は毎日洗濯しているし、脇の下に制汗スプレーだって吹きかけている。作業着を着ているからといって、身だしなみに気を配っていないわけではないのだ。

ズボンの裾が跳ねた水を吸って重くなりだした頃、ようやくゼロシックホームの本社に到着した。社員三十人ほどの住宅工務店だ。シックハウス症候群の対策をした注文住宅を手がけている。

　シックハウス症候群とは、新築やリフォーム物件に入居した人の一部が発症する疾患である。症状は頭痛、喉の痛みなど。建材などから空気中に出てくる化学物質を吸い込んで発症すると言われている。

　ゼロシックでは、入居者がシックハウス症候群にかからないよう、建材、塗料、接着剤などを徹底的に吟味して、安全なものを選んでいる。作り付けの家具、照明器具やカーテンについても同様だ。

　完成後の空気検査では、厚生労働省が指定するホルムアルデヒド、トルエンなど十三種類の物質のほか、独自に設定した八種の物質を測定し、規定値以下であることを確認している。希望する施主には、引き渡し前に一晩泊まってもらい、症状の有無を確認する「泊まり試験」も行っている。ゼロシックホーム独自の取り組みだ。

　馬場は昨年、中堅工務店からこの会社に転職してきた。担当業務は施工管理。平たく言えば事務作業込みの現場監督だ。前の会社と業務の内容や勤務時間はほとんど変わらない。その一方で給与は二割ほど増えた。妻とも、転職は成功だったと喜んでいたのだが、最近自信がなくなってきた。

　とはいえ、過去には戻れない。前向きにならなければ。

　傘を畳んで傘立てに差した。レインジャケットを脱ぎ、ざっと水滴を払うと、馬場はガラス戸を押した。

来客が到着するまで、三十分ほど時間があった。施工部の自席で書類仕事をしていると、スマートフォンに着信があった。社長の荒川からだ。

「ババケンさん、今、どこ？」

「自席ですけど」

「亘理さん、もう応接室に入ってるそうなんだ。さっさと始めちゃおう」

とりあえず社長室に来てくれと言うと、荒川は電話を切った。

亘理は、馬場が担当した現場の施主である。目黒区の一等地の戸建てで老母と二人暮らしをしていたが、母が横浜市内の老人ホームに入居するのを機に家と土地を売却し、ホームの近くに自宅を新築することに決めた。

ゼロシックに施工を依頼してきたのは、亘理自身にシックハウス症候群の既往歴があったからだ。勤務していた会社が、新築のビルに移転したのを機に、頭痛や喉の痛みに悩まされるようになり、早期退職を余儀なくされたのだとか。現在は、在宅で産業翻訳の仕事をしている。

物件が完成するまでは、物分かりがいい施主だった。設計部の提案には素直に耳を貸すし、職人に対して偉そうな態度を取ることもない。照明器具やカーテン、ブラインドといったインテリア選びもスムーズに進んだ。現場監督としては、非常にやりやすかった。

ところがである。引き渡しが終わって数日後、亘理は突如クレーマーに豹変した。

——頭痛がするし、喉も痛い。この家はシックハウスだ。早急に原因を究明して再工事をしてほしい。

そんなことを言い出したのだ。

症状が出たのは気の毒だが、亘理の要求を飲むわけにはいかなかった。

建材やインテリア選びは、会社のマニュアル通りに適切に行った。念のために資料や伝票を見直してみたが、問題は発見できなかった。職人がうっかり自前の接着剤を使ってしまったといったミスもないはずだ。馬場自身がきめ細かく現場を見回り、毎日のように注意喚起をした。

そもそも引き渡し前に実施した空気検査の結果に問題はなかった。泊まり試験で、症状が出ないことも確認済みだ。

——住宅に問題があるとは思えない。むしろ持ち込んだ家財道具に問題があるのではないか。

馬場はそう指摘したが、亘理は聞く耳を持たなかった。持ち込んだものは全て前の家で使用していたものであり、住居側に問題があるとしか思えないという。

亘理はとにかくしつこかった。別の現場で仕事の最中だからと言って電話を切っても、十分後にはまたかけてくる。

一週間ほどそんな状態が続き、胃が痛むようになった。亘理のほうも、このままでは埒(らち)があかないと思ったのだろう。社長と直談判(じかだんぱん)したいと言い出した。そこで今日のアポイントが設定されたのだ。荒川は、亘理をうまく説得できるだろうか。

馬場は書きかけの書類を引き出しにしまうと、席を立った。

ノックして社長室に入ると、荒川がゲーミングチェアのような巨大な椅子から立ち上がった。

長い髪を後ろで一つに縛り、身体にやけにぴったりしたシャツを着ている。足元は、サンダル履きといういつものスタイルだ。

施主に会うのに、その恰好(かっこう)はないだろう。せめて作業着にしてくれと思ったが、自分は一社員、荒川は社長である。注意をする立場にはなかった。

「ご迷惑をおかけしてすみません」

「何をおっしゃいますやら。こういう時のための社長ですから。それに僕、学生時代はディベートの達人って呼ばれてたんです。クレーマーの相手は、はっきり言って得意です」

「はあ……」

「いざとなれば伝家の宝刀を抜けばいいわけだし。って、顧問弁護士のことね」

荒川は、書類を挟んだクリアファイルを小脇に挟み、リズムでも取るように身体を揺らしながら歩き出した。

一つ下の階にある応接室まで階段で降りる。

亘理はソファに浅く腰をかけていた。マスクをはずしたくないようで、事務員が出したお茶は手つかずだ。

「お待たせしました。社長の荒川です」

亘理の表情は硬かった。「どうも」と言いながら、銀縁眼鏡にかかる前髪を指で払った。

荒川は亘理の正面に座った。その隣に座ろうとした馬場に亘理が声をかけてきた。

「馬場さん、煙草、吸いました？」

「えっ、吸ってませんが」

十年前に止めた。

「でも、臭います。副流煙を浴びたんですかね」

可能性があるとしたら、コンビニのイートインコーナーだ。隣に座っていた若い女性が煙草臭かった。彼女からにおいが移ったのかもしれない。そう言うと、亘理はうなずいた。

「とりあえず、窓を開けてもらえますか？」

言われた通りに窓を開けた。雨のにおいが入ってきた。

しばらくすると、だいぶにおいが薄れたと亘理は言った。

「もう大丈夫です」

「それはよかった。では、始めましょうか」

荒川はファイルからA４サイズの紙を取り出して、亘理の前に置いた。契約書のコピーだ。一部に蛍光ペンで線が引っ張ってある。

「もう一度確認してください。ここのところです」

契約書をもう一部ファイルから出すと、荒川は問題の部分を読み上げた。

――シックハウス症候群への対策が適切に実施されていないと判明した場合、乙は速やかに原因究明をしたうえで、再工事を行う。なお、対策が適切に実施されたか否かは空気検査の結果をもって判断する。甲が希望した場合、泊まり試験の結果も考慮する。

「原因究明や再工事の義務が弊社にないのは明白でしょう」

亘理はうんざりしたように首を振った。当然だ。こんな基本的なことは、馬場から何度も説明している。

「でも、頭痛や喉の痛みが出るんです。二十四時間症状が続くわけではないから、なんとか暮らしていますが、日によっては、起き上がれないぐらい辛いんです。どうやら、南側のリビングに問題があるようです」

「亘理さんが新居に持ち込んだものが原因では？」

「違います。すべて前の家で使っていたものですから」

　シックハウス症候群になってから、洗剤や石鹸、住宅用洗剤などにも気を遣い、天然成分のものを使っている。銘柄も決めている。これまでとは違う化学物質が自分の身の回りにあるはずがないのだと訴える。

「でも、泊まり試験の際には、症状は出ませんでしたよね」

「たった半日曝露された程度では、症状は出ないのかもしれません」

　荒川は下唇を突き出すと、息を上に吐き出した。

「それって、亘理さんの想像ですよね」

「はい。想像です。でも、可能性はゼロではないでしょう」

「そこまでおっしゃるなら、こちらも想像で話をさせてもらいますね。ひょっとすると、亘理さんは一般的なシックハウス症候群の患者さんより、化学物質に敏感なのかもしれません。だから、検査結果に問題がなくても、症状が出るのかもしれない。だとしたら、お気の毒なことだとは思いますが、完成した住宅は契約書通りのものです。

再工事するわけには……」

話をまとめかけた荒川を亘理がさえぎった。

「待ってください。もう一つ可能性があります」

「とおっしゃいますと？」

亘理は唇を舐め、眼鏡の位置を直した。両手の拳を腿に当て背筋をぐっと伸ばす。

「空気検査の結果が改竄されているのでは？　だとしたら、辻褄が合います」

馬場は顔をしかめた。それは妄想というものだ。荒川も困惑するように首を振ったが、亘理は熱っぽい口調で続けた。

ゼロシックの物件は同種の住宅を手がける他社より建設費用が安い。何か理由があるはずだ。事前説明とは異なり、粗悪な建材や塗料を使っているのではないか。もしそうなら室内の空気は当然汚染される。そこで、検査結果の数値に手を加え、問題がないように見せかけているのではないか。

荒川が乾いた声で笑い出した。

「冗談じゃないですよ。そんなことをやってバレたら、ウチは確実に倒産だ」

「社長がご存じないだけかもしれませんよ。現場の人間と測定会社の担当がグルになれば、施主を騙すのは簡単です」

馬場は思わずのけぞった。現場の人間といえば、馬場にほかならない。詐欺師呼ばわりされては、さすがに黙ってはいられない。

「亘理さん、ちょっと待ってください」

語気を荒らげて詰め寄ったが、亘理がひるむ様子はなかった。

荒川が馬場を見た。何も言うなと言うように首を振る。荒川はテーブルの縁を両手でつかむと、身体を前にやや傾け、亘理をまっすぐに見た。

伝家の宝刀を抜くのだろう。それがいい。妄想を語る人間の相手をするのは、時間の無駄である。しかし、そうではなかった。荒川は諭すように話し始めた。

「亘理さんは心配性で思い込みが強すぎるように思います。症状が出るのはそのせいでは？」

症状が出るのではないかと四六時中心配しているから、具合が悪くなるのかもしれない。

「あるいは、ただの風邪をシックハウス症候群だと思い込んでいるのかもしれません」

馬場としては、どちらもありそうな話だと思う。ただし、本人に面と向かって言っていい話ではない。案の定、亘理の顔がみるみるうちに赤くなる。肩で息をし始めたかと思うと、拳でテーブルを叩いた。

「病は気から？　ただの風邪？　そんなわけないでしょう。でも、今の発言ではっきり分かりました。あなた方は私を悪質なクレーマーだと思っているわけだ。これ以上の侮辱はありません」

怒気を込めるように言ったが、荒川には響かなかったようだ。肩をすくめて微笑んだ。

「お引き取りください。今後は顧問弁護士が対応します」

強硬姿勢に出たか。まあ、やむを得ないだろう。

荒川に促されて腰を上げようとしたときだ、亘理がポケットからスマホを取り出し、テーブルに置いた。録音アプリの画面が表示されている。やり取りを録音していたようだ。

大学時代の友人が、スクープで有名な週刊誌の編集長をしていると亘理は言った。

「ゼロシックを徹底的に取材してもらいます。検査結果に疑問を呈しただけの客を侮辱するような会社を野放しにしていたら、被害者は増える一方だ」

その週刊誌は確かに影響力がある。客を侮辱したのもその通りだ。でも、そもそも不正などしていない。今度も強硬姿勢で突っぱねろ。

そう思ったのだが、なぜか荒川は苦虫をかみつぶすような表情になった。

「週刊誌は困るな……」

探られたらまずいことでもあるのだろうか。まあ、叩いてもまったく埃が出ない会社など存在しないのかもしれないが。

どうするのだろうと思っていると、荒川は一人合点するようにうなずいた。

「この場で再工事をします、とは約束できませんが、原因を弊社のほうで究明する、ということでいかがでしょう」

原因が住宅にあるのか、それとも住宅以外にあるのか。それをゼロシックが調査して結果を伝える。

亘理は大きくうなずいた。

「いいでしょう。住宅以外に原因があるとはっきりしたら、私だって再工事なんか求めませんよ。それではただのクレーマーだ」

荒川が白い歯を見せた。

「ご理解いただけたようでよかった。では、そういうことで。引き続き馬場が担当します」

馬場は中腰になった。

「いや、さすがにそれは」

簡単に原因が分かるはずがない。そもそも現場監督の仕事ではないし、もう次の物件の仕事が始まっているのだ。

首を横に振って拒否の意思を示したが、荒川が意に介する様子はなかった。

「困ったら僕も相談に乗るよ。亘理さんにご納得いただけるよう、頑張ろう」

荒川はディベートの達人なんかじゃない。屁理屈、論点ずらし、そして手のひら返しの達人だ。

勘弁してくれと思いながら、馬場は胃を押さえた。

その日は定時の五時に会社を出た。胃の調子がいよいよ悪かった。今日こそかかりつけにしている保泉クリニックに寄るつもりだ。今のところ持病はないが、何かあるとそこへ行くようにしていた。院長は鬼瓦のようなご面相だが、患者に説教をしたりしないので気に入っている。

会社から自宅がある練馬区北部大泉学園までは、私鉄とバスを乗り継いで一時間弱かかる。クリニックには、受付時間が終わる二分前に滑り込んだ。どうやら、今日最後の患者のようだ。待合室にまだ五人ほどいる。しばらく待たされそうだ。

問診表を提出すると、椅子に深く腰かけた。身体が重い。椅子にめり込みそうだ。瞼も自然に下がってきたが、眠気はまったくなかった。むしろ頭はギンギンに冴えていた。脳の中を電気信号が駆け巡っているようだ。

亘理邸の空気を再検査した結果が今日の朝一番に届いた。予想はしていたが、規定値以上の濃度の化学物質は検出されなかった。午前中の予定を急遽変更して亘理邸へ向かい、結果を説明したが亘理は納得しなかった。この前のように捏造疑惑をかけられたら、こっちもキレそうだったので、早々に退散して現在取り掛かっている杉並区の現場に向かった。

　こちらもこちらで進行がスムーズとは言い難かった。施主が口うるさい人物で、設計部の担当や現場に入っている職人たちとしょっちゅう揉めるのだ。今日も内装職人の仕事ぶりが気に入らないと文句を言われた。平謝りしているとそれを耳にした当事者がへそを曲げてしまい、収拾がつかなくなった。

　それ以上にきつかったのが、夕方、会社で荒川に亘理邸の検査結果を報告したときだ。馬場は外部の専門家に協力を依頼したかったのだが、荒川は予算不足を理由にその案を却下した。そして、こともあろうに、「原因が分からなくてもかまわない」と言い出したのだ。

　荒川の主張はこうである。

　要は気持ちの問題である。「大変ですね」と言って共感を示し、寄り添う姿勢を見せれば、仮に原因が分からなかったとしても、そのうち諦めてくれる。

　そんなはずはないと思った。亘理は、「お気持ち」が通じるような相手ではない。それ以前の問題として、顧客に対してそこまで不誠実な対応はしたくない。たとえ相手がクレーマーじみていたとしてもだ。そういう教育は、親にも前の会社でも受けていない。

結局、荒川との話し合いは平行線で終わった。馬場が引き続き対応するしかなかった。

板挟みという言葉があるが、今、自分の周りにあるのは、何枚もの板だ。身動きどころか、息もできないぐらい苦しい。この局面をどう乗り切ったものか。せめて胃痛が収まってくれれば、板を一枚ぐらいはどかそうという気力も出てくるのだが。

眠れないので、なんとなく周りを見まわした。この前ここに来たのは半年ほど前。生牡蠣（なまがき）にあたったときだが、雰囲気がどことなく変わった気がする。少なくとも、スタッフは変わった。採血が上手なおばさん看護師の姿は見当たらず、代わりに子どもみたいな顔をした男が、待合室と診察室を行き来していた。大病院ならともかく、男の看護師なんて珍しいなと思った。

患者が一人会計を済ませて帰っていった。待合室に残っているのは馬場一人である。やっとだなと思いながら首筋を揉んでいると、壁の貼り紙に気づいた。このクリニックでは特別外来というものを始めたようだ。

——過敏症の人のための外来です。身の回りの微量な化学物質に反応する化学物質過敏症はもちろん、その他の過敏症にも対応します。その辛さ、あなただけのものではないかもしれません。一緒に考えましょう。

院長・保泉則子

シックハウス症候群も過敏症の一種である。亘理のような患者は案外多いのかもしれない。いや、多いのだろう。そうでなければ、ゼロシックホームの業績は伸びない。

ふと思った。他の患者があの家に入ったら、どんな感想を持つだろう。

そのときようやくさっきの男が呼びに来た。やれやれである。

診察室に入ると、セパレートタイプの白衣を着た長身の女性が顔を上げた。こけしのような顔立ちだ。疲れているのか、椅子のひじ掛けに身体をもたせかけている。胸につけたネームプレートに保泉と書いてあるから鬼瓦院長の親族だろう。

患者用のスツールに腰を下ろしながら尋ねた。

「えっと、院長先生は？」

体調でも崩しているのかと思ったのだが、そうではなかった。

「引退したよ。私が院長を引き継いだのでね。今後ともよろしく。で、今日はどうした」

こけし顔をまじまじと見てしまった。細い目が無表情に見返してくる。

女のくせになんという態度だ。そう口にしようものなら差別だと糾弾されそうだが、老齢の鬼瓦前院長だって、ここまで横柄ではなかった。腹が立ったが、今日は心身ともに限界だ。さっさと処方箋（しょほうせん）をもらって家に帰りたい。

「胃が痛いんです。ストレスだと思います」

「いつから？」

「一月ほど前、ですかね」

一通りの問診を終えると、触診に移った。作業着の上を脱ぎ、ベッドに横になって腹を出す。ヒヤッとした手が腹に触れた。慎重な手つきで腹を押したり叩いたりしていく。態度や言葉遣いは悪いが、丁寧な医者ではあるようだ。

衣服を整え、再び丸椅子に座ると、保泉は言った。

「薬を十日分出すのでね。それで様子を見ようか。ちなみに、最近胃がん検診は受けた？」

何年も受けていないと言うと、この機会に受けてみてはどうかと勧められた。

「区からがん検診の案内が来てるでしょ。久しぶりなら内視鏡検査を受けられるはずだよ」

妻にもそう言って受診を勧められた。でも、気が進まなかった。そもそも胃痛の原因はストレスに決まっている。

「ああ、はい。考えておきます」

その気がないのが見え見えだったせいだろう。保泉の表情が険しくなった。

「なんでストレスが原因だと決めつけるわけ？」

思わず苦笑が漏れた。医者のくせに、そんなことも分からないのか。

「ストレスを感じているからに決まっているでしょう」

無表情に見返されてカチンと来た。どうせ組織に勤めたことなんかないのだろう。サラリーマンの辛さというものを分かっていないのだ。この際、ぶちまけてやる。

「シックハウス症候群の対策をした住宅を作る会社に勤めてましてね」

完成した住宅を顧客に引き渡そうとしたところ、症状が出るから欠陥住宅だ、再工事をしろと迫られている。使用した建材等にも、空気検査の結果にも問題はなかった。そう説明しても顧客は納得しない。社長は自分に対応を丸投げしている。

「これで胃が痛くならなかったら超人でしょ」

いつの間にか、ふんぞり返っていた。逆に保泉のほうが身体を後ろに引いている。さすがに言い過ぎたかなと思ったが、保泉はうなずいた。

「そういうことなら、力になれるかもしれない」

立ち上がり、部屋の奥のほうにあるドアを開けた。隣室とつながっているようだ。

「レン君、ちょっと来て」

「はーい」

朗らかな返事とともに、さっきの男がドタドタと足音を鳴らしながらやってきた。

「明野さんの連絡先、分かるかな」

特別外来に通院している化学物質過敏症の患者だと保泉は言った。シャンプーなどの人工香料、住宅用の合成洗剤などのにおいを嗅ぐと、頭痛が始まるのだそうだ。シックハウス症候群の原因とされる揮発性物質にも反応する。

炭鉱のカナリアのような存在だと保泉は説明した。

「彼女にその家に入ってもらったらどうだろう」

そう提案され、即座にうなずいた。藁にもすがりたい思いだった。それに、馬場自身もぼんやり考えていたのだ。亘理以外の患者があの家に入ったら、どんな感想を持つのだろうかと。

「じゃあ、決まりだ。早速電話してみよう。レン君、連絡先を調べて」

レンはいつの間にか、硬い表情を浮かべ、うつむいていた。

「レン君？」

保泉が声をかけると、レンは顔を上げ、思い詰めたような目つきをした。

「事情は分かります。でも、それってどうなんだろう」

保泉が腕を組む。

「レン君は反対なんだ」

憮然とした口調だったが、レンがひるむ様子はなかった。

「患者さんに機械の役割をさせるなんておかしいです。明野さんは嫌だと思っても断りにくいだろうし」

レンはそう言うと、保泉をまっすぐに見た。

「炭鉱のカナリアだって、人間を守るために死にたくなんかないはずです」

はっとした。それはその通りだ。

保泉は苦虫を嚙み潰すような顔つきになった。しばらく目を閉じていたが、目を開けると言った。

「本人に決めてもらおうか。私が頼んだら断りにくいだろうからレン君が連絡を取ってみて」

自分は反対だ。断っても問題ない。その二点を伝えたうえで、協力を依頼してほしいと保泉は言った。

レンは形のいい唇をかんでいたが、やがてうなずいた。


日曜日の朝だというのに、東急田園都市線の下り列車は、思いのほか人が多かった。この数日間、雨が続いていた。今日は薄曇りだが、明日からまた降るようだ。皆、今日という日を狙って行楽に出かけたり、用事を足そうとしているのだろう。

亘理邸は車を使えば会社から東名高速道路経由で一時間弱。電車とバスを乗り継いで行くより断然早くて便利だが、亘理邸の駐車スペースは玄関前に一台分しかない。そこは保泉に使ってもらうことになっている。

亘理邸の前に着いたのは、約束の時間のちょうど五分前だった。何度見てもすっきりしたデザインのいい家だ。中身も完璧のはずなのだが……。

門の脇にあるチャイムを鳴らそうとしたとき、目の前に白いワンボックスカーが停車した。かなり古い型式のようだ。運転席の窓が開き、レンが顔を出す。

「馬場さん、お疲れ様です」

助手席には、保泉が座っている。車の天井が彼女には低すぎるのか、背中を丸めていた。後部座席には女性が座っていた。

馬場は保泉に向かって会釈をした。

「今、門を開けてもらいます」

チャイムを押そうとしたが、その前に亘理が玄関から顔を出した。車の音や話し声から一行の到着を察したようだ。いつもの丸眼鏡ではなく、四角いフレームの眼鏡をかけていた。

亘理は門を開けると、車の中の一行に一礼をした。そそくさと玄関先に引き返す。駐車の邪魔にならないようにとの配慮だと気づき、馬場も彼に倣った。

レンがバックで車を入れ始める。車体が大きいから取り回しが難しいのは分かる。それにしても下手くそだ。何度も切り返しをして、ようやく車を駐車スペースに収めるとレンは大きく肩で息をした。保泉が車から出てくる。

「どうも、保泉です」

亘理は眼鏡にかかる前髪を指で払いながら頭を下げた。

「今日は遠くまでありがとうございます」

二人が挨拶を交わすのを聞きながら、後部座席から降りてきた女性を横目で見た。マスクをかけているので顔立ちの全貌は分からないが、涼しげな目元が印象的だった。体つきもスラッとしている。きれいな人なのだろう。

「明野花菜さんです」

保泉が彼女を紹介する。馬場は頭を下げた。

――この人がカナリアか。

レンが連絡を取った翌日、オーケーの返事をくれたと聞いている。多少なりとも迷いはあったのだろう。それでも引き受けてくれた。

「今日はありがとうございます。あの、僕、臭くないでしょうか。臭かったら遠慮なく言ってください。なるべく離れているようにしますから」

レンが送ってよこした注意書きに従って、ここ数日、無香料の固形石鹸で髪も身体も洗っている。着ている服も同様だ。整髪料の類もつけていない。

亘理も心配そうに言った。

「私も大丈夫でしょうか？　こういう体質だから気を付けているほうだとは思うんだ

けど」

明野は恐縮したように首を横に振った。

「気を遣わせてしまってすみません。大丈夫です」

ほっとする一方で、複雑な気分だった。今の自分は間違いなく臭い。バス停から歩いてくる間に汗をかいた。加齢臭の問題がある。

ただ、そういうものより人工香料が苦手な人もいるのだ。

亘理が玄関のドアを開け、保泉を中へ促した。保泉は首を横に振ると言った。

「私たちは外で待ってます。大勢で入ると、においが分かりにくいかもしれないからね。何かあったら声をかけてください」

「だったら、裏庭へどうぞ。テラスに座っててもらうといいんじゃないかな」

リビングに面しており、庇(ひさし)があるので直射日光を避けられる。中の様子も、窓越しに分かるという。

「塀際の細い通路をまっすぐ行けば、すぐに分かります」

「それはいいね。レン君、行こうか」

「はい、先生」

二人は連れだって通路に消えて行った。

「では、お願いします」

亘理がドアを開いた。

亘理、明野、馬場の順で、靴を脱いで廊下に上がる。

玄関を入って右手が寝室、正面が書斎だ。いずれの部屋もドアが閉まっている。

明野は目を細めた。

「嫌なにおいはしません。頭痛もまったく。新築とは思えないです」

明野がそう言うと、亘理は先に立って廊下を歩き始めた。

「玄関や寝室は、私も大丈夫なんです。それより、南側のリビングが問題で……。こちらへどうぞ」

亘理は廊下とリビングの間を仕切る磨り（す）ガラスのドアを開けた。

馬場はげんなりとした気分になった。

再検査の立ち会いで先週来たときもそうだった。北欧風のすっきりした内装が家財道具で台無しになっている。

ダイニングセットは民芸調だ。テレビ台も相当古いもののようで、遠くからでも目立つ傷がついている。ソファも無駄に大きくて、単なる場所ふさぎになってしまっている。しかもかかっているカバーは奇妙な幾何学模様だ。極めつけは、リビングからもよく見える冷蔵庫だった。濃い小豆（あずき）色でやたらと存在感がある。

しかし、言っても仕方がないことだった。亘理が家財道具に求めているのは、見た目の良さや機能ではなく、安心と安全である。いい家、暮らしやすい家は、人によって違うのだ。

リビングは南に面していた。その隣にある四畳半の和室とはふすまで仕切られている。ふすまは開け放ってあった。

亘理がリビングの南側のレースのカーテンを開けた。テラスに腰をかけていた保泉とレンが振り返る。

今のところ明野の体調に問題はないようだという意味をこめて、指でマル印のサインを作ってみせたが、うまく意図が伝わらないようで、二人は首を傾げていた。

それまでなんの反応も示していなかった明野が、小さな声をあげた。和室とリビングの境目で足を止め、眉(まゆ)を軽く寄せている。

「においますか」

亘理が勢い込んで言う。そんなことより、まずは明野の体調だ。

「大丈夫ですか？　気分が悪いようなら、すぐに窓を……」

明野は手を上げて馬場を制した。

「私の場合、頭痛がするだけです。よほどのにおいでなければ呼吸困難になったり倒れたりはしないので」

そう言いながら、和室に入っていく。床の間つきの四畳半だ。床の間には、水墨画物だろう。
の掛け軸がかかっていた。滝を描いたありふれた絵柄だが、紙の具合からみて、年代
　壁際には、仏壇が置いてあった。前扉は閉まっており、宗派は不明だ。
　馬場は和室に入ると、障子を開けた。いつの間にか、外の二人もテラスから降りて
和室の前に移動していた。食い入るように、明野を見つめている。
　亘理が眼鏡の奥の目を見開いた。唇の端から泡を飛ばしながら言う。
「壁のクロスじゃないですか？　なんとなくそんな気がしたんです」
「いや、あのクロスは、ウチの資材部が太鼓判を押しているものですから。それより、
仏壇があるんですね。線香のにおいで気分が悪くなる人がいるって聞いたことがあり
ますよ」
「そんなことぐらい知ってますよ。線香は使っていません」
　明野の姿を探すと、いつの間にか床の間の前にいた。掛け軸に顔を寄せ、マスクを
はずす。次の瞬間、明野の顔が大きく歪（ゆが）んだ。
「これです、たぶん」
　馬場は素早くリビングに移動してテラスに面した窓を開け放った。
　保泉がテラスに上がった。明野を抱きかかえるようにして、庭に連れ出した。姿が
見えなかったレンが、明野の靴を持って現れた。

「もう家には入らないほうがよくないですか？　表に回って車に戻りましょう」

明野は靴を履きながら、そうさせてもらうと言った。

「ここもあまりよくないにおいがするので。でも、心配しないでください。前に倒れたときのような、ひどい症状は出ていないので」

明野は保泉に肩を抱かれて、塀際の通路に消えた。

いつの間にか亘理の姿が見えなかった。廊下から玄関のほうに回ったのだろう。自分もそうしようとしたところ、ふと視線を感じた。振り返ると右手の壁際から、三毛猫が顔を出していた。

あの辺りには、和室とリビングのエアコンの室外機がある。その上に乗っているようだ。赤い首輪をしている。このあたりではまだ外飼いの猫が多いのだろうかと思いながら見ていると、女性の声がした。

「チーちゃん、そこはダメ。何度も言ったでしょ」

右手の塀から、半白髪をお団子にまとめた女性が顔を出していた。隣家の住人だ。工事が始まる前に挨拶に行った。彼女が猫の飼い主なのだろう。

馬場と目が合うと、申し訳なさそうに、頭を下げた。

「追い払ってもらっていいですか？」

「あっ、はい」

気持ちはよくわかる。自分のペットが他人に迷惑をかけるのは心苦しいものだ。

馬場は立ち上がり、猫に近づいた。猫はニャッと小さく鳴くと、どこかへ走り去っていった。女性はもう一度頭を下げると、馬場に背を向けた。

玄関から外に出ると、車の傍に三人は立っていた。明野の表情はさっきとは段違いに和らいでいる。軽く頭を下げると明野は言った。

「心配かけてすみません。もう大丈夫ですから」

一瞬めまいがしたが今はすっかり消え、頭痛も収まっていると明野は言った。

「すみません、苦しい思いをさせてしまって」

人を機械代わりに使うなんて、やっぱり間違っていたのだ。そんな思いを込めて深く頭を下げた。明野は恐縮するように首を振った。

「いいんです。レンさんには止められましたが、私のほうから是非やらせてほしいと頼んだので」

「えっ、それはどういう……」

「嫌なにおいのするところにわざわざ行かなくても、と思いました。症状が出たら嫌ですから。でも、気のせいだろう、神経質すぎるって言われるのは、症状が出るのと同じぐらい辛いんです。それは亘理さんも同じだろうと思って」

温かいものが馬場の胸に広がった。

それで協力してくれたのか。見かけもそうだが、この人は優しい。彼女を気遣っていたレンも優しい。そして保泉も。普通の医者なら患者の愚痴なんか聞き流すだけだろう。なのに、解決方法を一緒に考えてくれた。

トイレにでも行っていたのか、亘理が玄関から出てきた。顔色が悪かった。

亘理は明野たちに頭を下げると、掛け軸が原因で間違いなさそうだと言った。

「あの掛け軸は、前の家で床の間に飾ってあったものです。母がホームに持って行ったんですが、新築祝いでこの家に来たときに持ってきて、自分の手で床の間に飾ってくれました。私にはよく分からないんですが、先祖代々伝わるものだそうで。古いものだし、なんの問題もないと思っていました」

それが原因だと指摘されたのだ。不思議に思ってさっき母親に電話して確認したところ、ホームにいる間に修復に出していたことが判明した。

「修復の際に使った染み抜きの薬品、接着剤などから揮発した化学物質が原因かもしれません。とりあえず、掛け軸を撤去してみます」

明野はほっとした様子だった。レンも笑顔だ。保泉は仏頂面だが、不機嫌というわけでもないはずだ。軽くうなずいている。

「掛け軸は後で僕が片づけましょう」

馬場の言葉を機に、その場で解散することにした。

亘理邸を訪問してから五日後の金曜日、久しぶりに朝から晴れ間が広がっていた。秋の長雨も一段落といったところだろうか。

その日の昼休み、現場近くの中華料理店で今年最後になりそうな冷やし中華を食べていると、亘理から連絡があった。

「あれから症状はまったく出ていません。もう大丈夫だと思います」

晴れ晴れとした声だ。

「それは何よりです」

掛け軸は専用の箱に入れ、ビニール袋で二重に密封した。亘理はそれを押入れにしまい込んだ。

その後、症状が出ていないのなら、一件落着だ。

「保泉先生と明野さんにも報告したいんですが、どんな形がいいでしょうか」

少し考えた後、オンラインミーティングを提案した。

「それはいいですね。ぜひそうさせてもらえれば」

「じゃあ、僕がセッティングしましょう。今日、ちょうど保泉クリニックに行くんです」

処方してもらった胃薬を飲み終えたが、まだ胃に少し違和感があるので帰りに寄ることにした。

「そのとき先生に打診してみますよ」

「ありがとうございます」

自分は平日の夜ならたいてい空いていると言うと、亘理は電話を切った。

その日は、現場を早めに切り上げて本社に向かった。荒川にも顚末を報告しておこうと思ったのだ。

社長室に行くと、荒川はちょうど席にいた。馬場の話を聞き終えると、荒川はパソコンの画面に視線を戻して言った。

「結局、原因は僕が考えた通りだったね。それと、僕が言ったように、相手に寄り添う姿勢を示すのって、やっぱり大事ですよ。だからこそ、亘理さんも分かってくれたんでしょう」

さすがにカチンときた。ちょっといじめてやるか。

「それはそうと、社長から亘理さんに謝罪したほうがいいですよ。今すぐ電話をしてください」

「謝罪？　必要ないよ。ごねられて迷惑をかけられたのはこっちじゃない。むしろ向こうから菓子折り持って挨拶に来るべきじゃないの」

「社長、亘理さんに症状が出るのは気のせいだとか、風邪の間違いじゃないかとか言いましたよね」

「うーん、そうだっけ」

「相当気を悪くしていました。それに、週刊誌の編集長と今夜会うと言っていたので心配なんです。このご時世、病気を揶揄するのはご法度ですからね。しかも、シックハウス症候群対策をうたった住宅メーカーの社長がそれをしたとなると……」

適当な出まかせだが、荒川がギョッとしたように目を見開く。

「ちょっと待ってよ。ババケンさんから、うまく言っておいてくれないかな」

「今日はこの後、かかりつけ医のところに行くので」

勝手に心配していろと思いながら馬場は社長室を出た。


クリニックには、診療時間の終了間際に駆け込んだ。今日も馬場が最後の患者のようだ。待合室で座っていると、廊下の奥からレンがやってきた。

待合室にいた患者の名を呼び、診察室に入るように伝えると、馬場に笑顔を見せた。どんくさいけど、かわいげはある若者だ。

レンは尋ねた。

「その後、亘理さんはいかがですか？」

「掛け軸を密封して押入れにしまったら、症状が出なくなったそうだよ」

レンは目を輝かせると、両手を胸に当てた。

「よかった。明野さんにも報告しなきゃ」

「そのことなんだけど……」

オンラインミーティングを開きたいと言うと、レンはすぐに同意した。日程の候補をいくつか挙げてくれたら、明野に連絡を取って調整してくれるという。

それから五分ほど待って、診察室に呼びこまれた。胃の痛みは和らいだが、空腹時に違和感があると訴えると、保泉は眉を寄せた。

「この前、途中で話が有耶無耶になっちゃったけど、内視鏡、受けたほうがいいよ」

そう思わないでもなかったが、気が進まない。

「でも、あれ、苦しいんですよね」

妻によると、胃の中に手を突っ込まれて引っ搔き回されるようだと言っていた。そんな検査、絶対に受けたくない。

「もう少し薬で様子をみるわけにはいきませんか」

「奥さんは古いタイプの内視鏡で検査を受けたんじゃないかな。新しい機械なら、そこまで苦しくないと思う」

そういうものなのか。知らなかった。

確かに妻が検診を受けた消化器内科は、外観からして古めかしい。院長はご老体で可もなく不可もなし。いつ行っても空いているのが取り柄だと妻は言っていた。古い機械を使っている公算は高そうだ。

そのとき馬場のスマホに着信があった。業務用のほうに電話がかかってきたようだ。もしやと思い、ポケットからスマホを出して発信者を確認する。

「亘理さんからなんですが、出てもいいですか？」

「どうぞ。待ってる患者もいないし。っていうか、あの件、その後、どうなったの」

「せっかくなので、本人からどうぞ」

馬場は通話ボタンを押すと、すかさずハンズフリー通話に切り替えた。

「今、保泉クリニックで、先生も目の前にいます。オンラインミーティングについてはこれから打診しますが、まずは亘理さんから簡単に……」

この場で報告をしたらどうか、と言おうとしたが、強い声でさえぎられた。

「また症状が出たんです」

保泉と顔を見合わせる。掛け軸が原因ではなかった、ということだろうか。あるいは、掛け軸だけが原因ではなかったのかもしれない。

「大丈夫ですか？」

「寝室に避難しました。前にも言いましたよね。こっち側は大丈夫なんです」

亘理は乾いた咳(せき)をすると、早口でまくしたてた。

「ひょっとして外壁の塗装に問題があるんじゃないでしょうか。テラスに出たら、症状がさらにひどくなったんです」

今日は久しぶりに快晴である。気温も上がっている。外壁から有害物質が揮発しているのではないか、と亘理は言った。

そういう話は聞いたことがなかった。

「そんなはずはないと思うんですが……」

「そうやって、またごまかすつもりですか？　この家はシックハウスだ。とりあえず、すぐにこっちに来てください。調べれば分かるはずだ。そして、今度こそ再工事を求めます」

保泉が突然スマホに向かって声をかけた。

「亘理さーん、聞こえる？　保泉だけど」

こんな時だというのに、いつも通り間延びした口調だ。

「あ、はい」

「症状が出た時の状況を具体的に教えてほしいんだけどね」

淡々とした口調に毒気を抜かれたのか、亘理も声のトーンを下げた。

「リビングのソファに寝そべって資料を読んでいました。そうしたら、突然症状が出たんです」

「で、換気をしようと思ってテラスに面した窓を開けたわけだ」

「その通りです」

「ちなみに、症状が出た時に窓は閉まってた？」

「はい。エアコンをつけていたので」

「リビングのエアコンの室外機はテラスのそば？」

「そうですね。西側の壁際に置いてあります」

「分かった。じゃあ、今からそっちに行くから」

「えっ？」

「車で行くのでね。一時間ちょっとかな」

エアコンの室外機の周辺に何か問題があるのかもしれないと、保泉は言った。

何があると言うのだろう。しかし、立場上同行せざるを得ないだろう。

そう思いながら、はっとした。日曜に亘理の家で見た三毛猫のことを思い出したのだ。エアコンの室外機周辺がお気に入りのようだった。また侵入してきて、おしっこでもしたのだろうか。だとしたら、間違いなく刺激臭がするはずだ。もっとも、猫のおしっこが頭痛や喉の痛みの原因になるとまでは思えないのだが……。

飼い主と思しき隣家の女性の顔を思い出したとき、ふとあることを思いついた。

馬場の心臓がドキドキし始めた。

自分の思い付きをいますぐここで口にしたかった。しかし、相手のあることだ。確認が取れるまで、亘理には黙っていたほうが無難だ。電話の様子からみて、亘理は再びクレーマー化している可能性がある。

「僕も行きます。亘理さん、では後ほど」

興奮しているのを悟られないよう、抑え気味の声で言うと、馬場は電話を切った。

保泉がレンを大声で呼んでいた。

移動中の車中で、保泉とレンに自分の考えを話した。

亘理邸に到着すると、二人は亘理と一緒に家の中に入った。寝室か書斎で、まずは体調をチェックすることになったのだ。その間に馬場は、エアコンの室外機付近の状況を調べる手筈になっていたが、その前に隣家に向かった。

表札には、北島とある。チャイムを押すと、この前の女性が姿を現した。今日も頭はお団子だ。夕食の片付けでもしていたのか、エプロンで手を拭いている。

馬場の顔を覚えていたのだろう。北島は、怯えたような表情になった。

馬場は頭を下げた。

「こんばんは。夜分に申し訳ないのですが、ちょっと確認させてください。おたくの猫ちゃん、たまに隣の亘理さんの敷地に入り込んでいますよね。西側のエアコンの室外機あたりが、気に入ってるとか？」

北島は泣きそうな顔で、頭を何度も下げた。

「ご迷惑をおかけして、申し訳ありません。亘理さん、怒ってらっしゃるんですね」

「いや、そういうわけでもないんですが」

「怒っているに決まっています」

建物が完成し、内装工事をしているときに、猫が敷地に入り込んでいるのを見とがめられた。そのときに、皮肉を言われたのだと北島は言った。

「今どき外飼いなんですか、って聞かれました。なるべくそちらには行かせないようにしますとは言ったんですが……」

亘理は「猫は人間の命令なんか聞きませんからね」と冷たく言った。

「そのしばらく後、職人さんたちの話を小耳にはさみました。亘理さんは、アレルギーをお持ちなんですってね。ああ、だったら猫は本気で嫌なんだろうなって思いました。でも、チーちゃんは、子猫のころから、ずっと外に出していたんです。今さら家に閉じ込めるのはかわいそうで……」

事情は分かる。北島が善意の人であることも。

ただ、善意だから何をやってもいいというわけではないはずだ。

「ひょっとしてエアコンの室外機のあたりに、猫用の忌避剤を撒いていませんか?」

何年か前、馬場家の柴犬ポン太が朝の散歩の最中に、他人の家の門柱付近でウンチをした。ポン太は、その場所が気に入っているようで、何度目かのことだった。もちろん毎度きれいに片づけているが、その日は住人に見とがめられ、ものすごい目でにらまれた。

一週間後、うっかり同じコースを通ってしまった。ポン太がいそいそと門柱に近づくので引き綱を引こうとしたが、その前にポン太は小さく飛び上がり、そそくさと先を急いだのだ。

帰宅後、妻にその出来事を話したところ、住人が犬が忌避する薬品を撒いたのだろうという。ホームセンターなんかで売っているそうだ。穏やかではない話だと思ったが、野良猫に毒餌を仕掛ける輩もいるご時世だ。

北島も同じことを考えたのではないか。両家の間の塀から身を乗り出せば、室外機付近に液体をかけられる。ジョウロなどを使えば、さらに簡単だろう。

北島はうつむいていたが、やがて観念したようにか細い声で言った。

「何度か」

効果は一週間ほどしか続かない。雨が降ると流れてしまう。なので、折を見て、時々撒いていたという。

「今日も撒いたんですね。何時ごろ？」

「……六時少し前でしょうか」

決まりだ。

掛け軸にも問題はあったのかもしれない。でも、たぶんこっちが本命だ。そういえば、空気測定をした頃は、よく雨が降っていた。北島はどうせ流されるから無駄だと考えて忌避剤を撒くのを控えていたのだろう。撒いても雨で薄まってしまい、測定をしても検出されなかった可能性もある。

馬場は北島に頭を下げた。

「僕も犬を飼っているので気持ちは分かりますが、止めてください」

「でも……」

亘理の身体について、本人の了承を得ずにこの場で話すのはまずいだろう。

「とにかくお願いします」

まだ何か言いたそうな北島に軽く会釈をすると、馬場は踵を返した。

亘理邸に戻ると、三人は書斎にいた。亘理の体調は、すっかりよくなったようだ。

亘理はデスクチェアに座っていた。保泉とレンは、ダイニングから持ってきたと思われる椅子に腰かけている。

保泉が尋ねた。

「どうだった？」

隣家の女性が、愛猫が亘理邸の庭に寄り付かないようにするため、猫用の忌避剤を室外機付近に撒いていた。

「それが原因とみて間違いないと思います。スマホでざっと調べたところ、問題となりそうな成分がいくつか入っていました」

亘理が顔をしかめて天井を仰いだ。眼鏡をシャツの裾(すそ)でふくと、苛立(いらだ)ちをあらわにしながら言った。

「余計なことをしてくれたものです。こっちがどんな思いをしたと思ってるんだ。他人の敷地に、勝手に薬品を撒くのは犯罪ですよね。明日の朝一番でクレームを入れてやる。いや、警察に届け出たほうがいいかもしれない」

亘理の怒りはよく理解できた。

症状が出て辛(つら)かったのはもちろん、せっかくの新居がシックハウスかもしれないと気づいたときの絶望感は大きかったはずだ。

ただ、北島をあしざまに罵(ののし)るのも違うような気がした。猫を外飼いするのは、確かに感心できない。でも、彼女に悪意はなかったのだ。

保泉が腰を上げた。

「亘理さん、これから隣に行こうか」

レンがうなずく。

「僕もつきあいます」

亘理が眉を寄せる。

「もう遅いですし」

保泉は、静かに微笑んだ。

「抗議しにいくんじゃないよ。病気について説明して、理解してもらうんだ。馬場さんの話を聞く限り、お隣さんは悪い人ではないと思う」

「いや、しかし……」

保泉は亘理に向かって静かに語りかけた。

辛い思いをしてきたのはよく分かる。化学物質に対する規制は不十分だし、無理解な人が多い。

愚痴をこぼすのもいい。国や自治体、業界団体やメーカーへの抗議も必要だろう。でも、それだけでは足りない。理解してくれる人を増やす必要がある。無関心な人を一人理解者に変えたら、その人がさらに輪を広げてくれるかもしれない。

「残念ながら、特効薬はないからね。だからといって、できないことがないとは思わない。さあ、行こう」

亘理は、しょうがないなというようにうなずいた。馬場は連れだって部屋を出ていく三人の背中を見送りながら思った。

——当事者と一緒になって、世の中を変えていく。

寄り添うというのは、そういうことだ。

保泉とレンはそれを実践している。せっかく縁あって今の会社に転職してきたのだ。自分もそうありたい。真っ先にやるべきことは決まっている。

あのポンコツ社長を理解者に変えるよう、努力してみよう。「分かります」と共感を示して相手の気持ちを和らげればそれでオーケーだなんて、そんなバカな話はない。

保泉が振り返った。眉を八の字に下げている。

「そういえば、また診察が中途半端になったね。忘れないうちに言っとく」

「内視鏡、ですよね」

保泉は少し笑うと親指と人差し指で丸を作った。

謝辞

執筆にあたっては、香害に悩まされている方々や化学物質過敏症の当事者の方々にお話を伺いました。お話を聞かせてくださった皆さまに深く感謝いたします。

（著　者）

主な参考文献・ホームページ

「香害110番　香りの洪水が体を蝕む」製作・発行＝日本消費者連盟　2018年
「ストップ！香害　余計な香りはもういらない」製作・発行＝日本消費者連盟　2020年
『香害は公害――「甘い香り」に潜むリスク』水野玲子　ジャパンマシニスト社　2020年
『香害　そのニオイから身を守るには』岡田幹治　金曜日　2017年
「月刊保団連　3月号　2022年　No.1366」全国保険医団体連合会　2022年
『化学物質過敏症対策　専門医・スタッフからのアドバイス』水城まさみ　小倉英郎　乳井美和子　監修・宮田幹夫　緑風出版　2020年
『地球を脅かす化学物質　発達障害やアレルギー急増の原因』木村－黒田純子　海鳴社　2018年
「カナリア・ネットワーク全国」ホームページ　https://canary-network.org
「よくわかる低周波音」環境省　水・大気環境局環境汚染対策室　https://www.env.go.jp/content/000190137.pdf　2019年3月

このほか、日本消費者連盟が発行する「消費者リポート」、化学物質過敏症支援センターの会報「CS支援」の関連号、政府、企業、団体等のホームページなどを参照しました。

本書は書き下ろしです。

本作はフィクションであり、登場する人物・組織などはすべて架空のものです。

カナリア外来（がいらい）へようこそ

仙川 環（せんかわ たまき）

令和６年　４月25日　初版発行
令和６年 11月15日　７版発行

発行者●山下直久

発行●株式会社KADOKAWA
〒102-8177　東京都千代田区富士見2-13-3
電話　0570-002-301（ナビダイヤル）

角川文庫 24128

印刷所●株式会社KADOKAWA
製本所●株式会社KADOKAWA

表紙画●和田三造

●お問い合わせ
https://www.kadokawa.co.jp/（「お問い合わせ」へお進みください）
※内容によっては、お答えできない場合があります。
※サポートは日本国内のみとさせていただきます。
※Japanese text only

ISBN 978-4-04-113308-8　C0193

角川文庫発刊に際して

角川源義

　第二次世界大戦の敗北は、軍事力の敗北であった以上に、私たちの若い文化力の敗退であった。私たちの文化が戦争に対して如何に無力であり、単なるあだ花に過ぎなかったかを、私たちは身を以て体験し痛感した。西洋近代文化の摂取にとって、明治以後八十年の歳月は決して短かすぎたとは言えない。にもかかわらず、近代文化の伝統を確立し、自由な批判と柔軟な良識に富む文化層として自らを形成することに私たちは失敗して来た。そしてこれは、各層への文化の普及滲透を任務とする出版人の責任でもあった。

　一九四五年以来、私たちは再び振出しに戻り、第一歩から踏み出すことを余儀なくされた。これは大きな不幸ではあるが、反面、これまでの混沌・未熟・歪曲の中にあった我が国の文化に秩序と確たる基礎を齎らすためには絶好の機会でもある。角川書店は、このような祖国の文化的危機にあたり、微力をも顧みず再建の礎石たるべき抱負と決意とをもって出発したが、ここに創立以来の念願を果すべく角川文庫を発刊する。これまで刊行されたあらゆる全集叢書文庫類の長所と短所とを検討し、古今東西の不朽の典籍を、良心的編集のもとに、廉価に、そして書架にふさわしい美本として、多くのひとびとに提供しようとする。しかし私たちは徒らに百科全書的な知識のジレッタントを作ることを目的とせず、あくまで祖国の文化に秩序と再建への道を示し、この文庫を角川書店の栄ある事業として、今後永久に継続発展せしめ、学芸と教養との殿堂として大成せんことを期したい。多くの読書子の愛情ある忠言と支持とによって、この希望と抱負とを完遂せしめられんことを願う。

一九四九年五月三日

角川文庫ベストセラー

角川文庫ベストセラー

明日の僕に風が吹く　乾　ルカ

中学時代のトラウマで引きこもり生活を続けていた有人は、憧れの叔父の勧めで離島の高校へ入学する。東京とは全てが違う環境の中、4人の級友に出会い……。一歩を踏み出す勇気をもらえる、感動の青春小説！

鹿の王　1　上橋菜穂子

故郷を守るため死兵となった戦士団〈独角〉。その頭だったヴァンはある夜、囚われていた岩塩鉱で不気味な犬たちに襲われる。襲撃から生き延びた幼い少女と共に逃亡するヴァンだが⁉

鹿の王　2　上橋菜穂子

滅亡した王国の末裔である医術師ホッサルは謎の病を治すべく奔走していた。征服民だけが罹ると噂される病の治療法が見つからず焦りが募る中、同じ病に罹りながらも生き残った囚人の男がいることを知り⁉

鹿の王　3　上橋菜穂子

攫われたユナを追い、火馬の民の族長・オーファンのもとに辿り着いたヴァン。オーファンは移住民に奪われた故郷を取り戻すという妄執に囚われていた。一方、岩塩鉱で生き残った男を追うホッサルは……⁉

鹿の王　4　上橋菜穂子

ついに生き残った男――ヴァンと対面したホッサルは、病のある秘密に気づく。一方、火馬の民のオーファンは故郷を取り戻すために最後の勝負を仕掛けていた。生命を巡る壮大な冒険小説、完結！

角川文庫ベストセラー

ドクター・ホワイト
神の診断
樹林 伸

癌を治すには、手術、薬物、放射線の3大療法しか方法はないのか？ 神のごとき診断力を持つ少女・白夜が、癌のメカニズムを解き明かし、根本治療に挑む！ 空前の医療エンターテインメント、完結！

ドクター・ホワイト
心の臨床
樹林 伸

高森総合病院の診断協議チーム「DCT」の一員として数々の誤診を明らかにし、幾人もの命を救ってから早数年。実習生として高森総合病院へ戻ってきた白夜。かつての仲間との再会、そして待ち受けていたのは――。

虚栄 (上)(下)
久坂部 羊

診断から死亡まで二ヵ月。凶悪な「変異がん」が蔓延、政府はがん治療のエキスパートを結集、治療開発の国家プロジェクトを開始。手術か、抗がん剤か、放射線治療か、免疫療法か。しかしそれぞれの科は敵対し。

黒医
久坂部 羊

「心の病気で働かないヤツは屑」と言われる社会。「高齢者優遇法」が施行され、死に物狂いで働く若者たち。こんな未来は厭ですか――？ 救いなき医療と社会の未来をブラックユーモアたっぷりに描く短篇集。

介護士K
久坂部 羊

介護施設「アミカル蒲田」で入居者が転落死した。ルポライターの美和が虚言癖を持つ介護士・小柳の関与を疑うなか、第2、第3の事故が発生する――。介護現場の実態を通じて人の極限の倫理に迫る問題作。

角川文庫ベストセラー

角川文庫ベストセラー

使命と魂のリミット
東野圭吾

あの日なくしたものを取り戻すため、私は命を賭ける——。心臓外科医を目指す夕紀は、誰にも言えないある目的を胸に秘めていた。それを果たすべき日に、手術室を前代未聞の危機が襲う。大傑作長編サスペンス。

アンドクター 聖海病院患者相談室
藤ノ木優

研修医1年目の綾瀬凪沙は、当直中に運ばれてきた患者の採血がうまくいかず患者の恋人から医療ミスだとクレームを受ける。自身で解決をしようと乗り出す凪沙を止めたのは、患者相談室の神宮寺で——。

臨床真理
柚月裕子

臨床心理士・佐久間美帆が担当した青年・藤木司は、人の感情が色でわかる「共感覚」を持っていた……美帆は友人の警察官と共に、少女の死の真相に迫る！著者のすべてが詰まった鮮烈なデビュー作！

死化粧
渡辺淳一

母親の脳手術と死、そして解剖——。死化粧を前にした人びとの姿を、苛酷なまでのリアリティで濃密に描き、芥川賞候補となった「死化粧」、心臓移植を描いた「ダブル・ハート」他、初期医療小説を収録。

いのちを守る 医療時代小説傑作選
宇江佐真理、藤沢周平、藤原緋沙子、山本一力、渡辺淳一
編／菊池 仁

藤沢周平、山本一力他、人気作家が勢揃い！ 鍼灸師、獄医、感染症対策……確かな技術と信念で患者と向き合った、江戸の医者たちの奮闘を描く。読む人の心を癒やす、まったく新しい医療時代小説アンソロジー。